中国红旗渠

杨贵

郑雄 著

河南文艺出版社
·郑州·

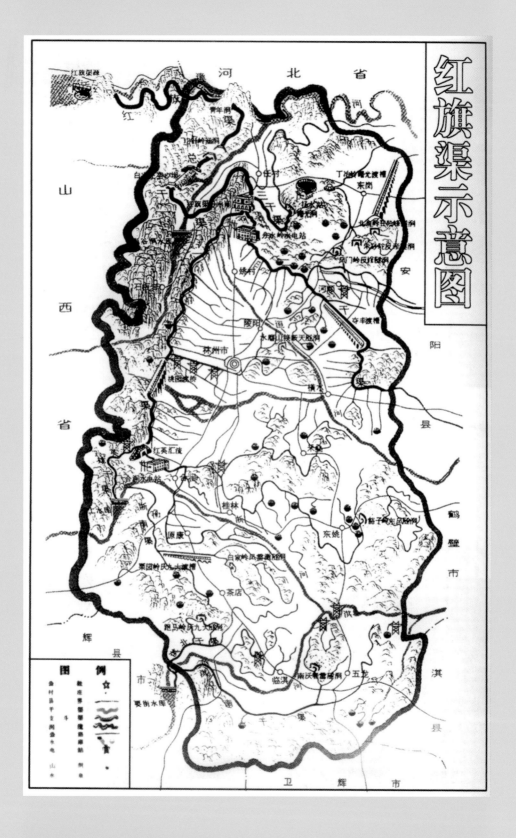

目　录

中篇　　燃情岁月

序

赵素萍

　　中国的太行山是一座英雄的山、文化的山。历史上，这里流传着盘古开天地、精卫填海、愚公移山等著名的故事。这些故事，既体现了古代中国人对自然、对人与自然关系的思考，也体现了他们对人类自身的思考，是中华传统文化的价值源头。几千年来，中国人怀着对自然的敬畏与热爱，怀着一种英雄主义的豪情，投入认识自然、顺应自然、利用自然的生产与生活之中，前赴后继，锲而不舍，创造了灿烂的中华文明，也为世界文明的发展做出了独特贡献。

　　河南文化底蕴深厚，不仅是中华文明的重要发祥地，而且在历史发展的各个时期，都涌现了一批批可歌可泣的人物和故事，谱写出河南人艰苦卓绝、奋发向上的精神乐章。

　　20世纪60年代，几十万林县①人在极端艰苦的条件下，在巍巍太行山上，推平一个个山头，凿开一个个隧洞，历

――――――――――

　　① 1994年1月，国务院批准林县撤县改市，称林州市。

序　　　　　　　　　　　　　　　　　　　　　　　　　　　　1

10 年艰辛，建成了总长度达 1500 余公里的红旗渠。工程的难度，不仅为中国，也为世界所罕有。

红旗渠的成功修建，不仅引来了滚滚漳河水，而且诞生了伟大的红旗渠精神。工程建造过程中，几十万林县人民发扬"自力更生，艰苦创业，团结协作，无私奉献"的精神，发挥人的主观能动性，构建了当代中国"人与自然""人与人"之间的新型关系。它上承传统，下启未来，有着丰富而深刻的文化意义。它和延安精神、井冈山精神、西柏坡精神一起，已经成为中华民族优秀传统不可分割的一部分。它不仅属于太行山，也属于全中国，属于全世界。

党的十八大以来，中共中央总书记习近平同志提出并深刻阐述了实现中华民族伟大复兴的中国梦，中央提出了培育和践行社会主义核心价值观的要求。发端于河南的红旗渠精神和愚公移山精神、焦裕禄精神，体现了中华民族精神的强度与韧度，与中国特色社会主义核心价值体系有着深刻的内在联系。红旗渠精神诞生的时代与今天的时代背景不同，但在人类社会共同追求的价值理念上，红旗渠精神和"中国梦"的价值追求是完全一致的。发扬"自力更生，艰苦创业，团结协作，无私奉献"的红旗渠精神，仍然具有深刻的现实意义和巨大的时代价值，也是社会主义核心价值观的具体践行。

《中国红旗渠》一书不仅生动地讲述了红旗渠工程艰难的施工过程，还原了工程修建背后深刻的历史背景，也为读者展示了红旗渠精神诞生的前前后后，描述了红旗渠精神的发展、丰富和升华。它告诉人们，为什么在当代林县、当代中国才建成了红旗渠，红旗渠为什么会成为中原人民乃至全中国人的精神旗帜，它对当今社会有什么意义。相信每一位了解不了解红旗渠、有没有到过红旗渠参观的读者读了此书，都会有所收获。

引言　红旗渠，一条永恒的精神河流

一

"人是要有点精神的。"

这是毛泽东主席 1956 年 11 月在中共八届二中全会上的讲话。

毛泽东当时是用这句话，赞扬革命战争年代，红军战士在极端艰苦的行军环境中，坚持艰苦奋斗，不侵害群众一草一木的优良作风；他也用这句话，提醒广大党员干部，和平时期，"精神"二字不能丢，要以精神的力量，来保持党员干部的本色。

认真思考，"精神"二字，不仅仅体现在工作作风的方方面面，更体现在人的心灵、人格，体现在民族的历史、命运，甚至体现在人类发展的全过程。

二

人与人有什么本质的区别？

从摇篮到坟墓，从青丝到白发，从一文不名的穷汉到富甲一方的财主，从黄皮肤到黑皮肤到白皮肤，一个人，究竟怎么来证明，他是和别人不一样的，他的存在，给世界增添了不一样的色彩？

是名车吗？是豪宅吗？是令人眩晕的装扮吗？是鲜花和掌声吗？

不是。名车是标准化的，是从毫无个性的流水线上下来的。豪宅总有落满蛛网的那一天。而鲜花易凋，掌声易逝。它们，与无尽头的人类社会和宽广无垠的精神世界相比，总是显得轻了些、浮了些。

一个民族因为有什么样的特质而存在？

是地理单元吗？是因为怀抱这个民族的大江大河、崇山峻岭的壮阔或险峻吗？

从亚洲到欧洲，从美洲到非洲，从热带到北极圈，一个民族的繁衍生息，仅仅因为他们经历的是和别的民族不一样的春夏秋冬、寒来暑往吗？

不是的。江河无声，岁月无情。它们，自然能够给一个民族的繁衍生息打下深深的烙印，但它们和民族的个性不是一回事。

让我们沿着这个思路来探询：人类为什么是人类？

从鸿蒙未辟的远古岁月到茹毛饮血的人类童年，从刀耕火种的石器时代到"鼠标一点，天下尽览"的信息社会，从陆地到海洋，从高山到平原，从地球到太空，人类，究竟靠什么来定义自己，靠什么来证明它与其他生物种群的不同？

是高楼吗？是人类发明的火车吗？是飞机吗？是互联网吗？是令人震耳欲聋的爆炸吗？

不是。它们，终归是人类创造的，是人类的汗水凝结成的硕果，是人类的智慧浇灌出的花朵。但它们不是人类本身。

那么，我们凭什么可以区分人类与其他生物，凭什么可以区分人与人、群体与群体、民族与民族？

我想，是精神。

人类拥有精神。人类的精神世界，深邃，邈远。精神世界的独特、绚丽和丰富多彩，让人类傲然于其他生物之上，创造了不朽的文明。

人拥有精神。一个人、一个群体、一个民族，他们拥有的独特精神，使他成为他，他们成为他们。他们组织起来，释放出精神的能量，推动着民族乃至人类历史的发展，让一个群体、一个时代乃至整个人类社会、人类历史充满了无限的可能性。

三

本书所描述的红旗渠，工程浩大，气象壮观，令人震撼。艰难岁月里，一群食不果腹的太行山人，为了实现自己的梦想，在没有现代化的施工技术，没有现代化的施工工具，也没有来自更大范围、更高层面支援的情况下，花费了将近10年时间，硬是一锤一钎地削平了1250个山头，修成了1500余公里的渠道，解决了几十万人吃饭、几十万亩土地的灌溉问题。它是北方群山上的蓝色飘带，更是人类历史上的惊世杰作。

著名摄影家魏德忠先生曾经说过，红旗渠是在一个不可能的时间、不可能的地方修建的不可思议的工程。

我想，这是从物质的层面来说的。在高不可攀的太行山脉面前，肉体的人，恰如蝼蚁一样渺小、不值一提，大山里任何一阵旋风，都可以把人卷走。

但是，不可能成为可能。那群穷得只有手里的"寸铁"的太行山人，完成了这项工程。

它不是技术的胜利，不是工具的胜利。——虽然，"土法上马"的红旗渠，创造性地发明出了适合工程的独特工具，摸索出了烧石灰、水泥，配制炸药的办法，甚至，2013年9月，还摘取了"北京国际设计周经典设计奖"。

它是人的精神的胜利——

极端艰苦的环境下，高扬革命理想主义旗帜，怀揣改变生存环境、改变命运的梦想，迎难而上的血性；

万众一心，携手并肩，为了一个共同的目标而奋勇进击的豪迈；

不惧危险，九死一生，不达目的决不罢休的韧性。

这种精神，不只在当代中国那个特殊的年代、在林县这个小小的地理单元单独存在。它存在于大江南北、长河上下，存在于中国人的精神血脉里，上承历史，下接现实，成为中国精神、中华民族集体意识的一部分。

从盘古开天地、精卫填海、愚公移山、大禹治水而来；

从鸦片战争、戊戌变法、万里长征、十四年抗战而来；

从井冈山、延安、西柏坡而来。

因为有这种精神，一个民族才能够长久地挺立在东方，从远古到现代，无论经历了多少艰难坎坷，也依然能保持蓬勃的希望和前进的动力。因为有这种精神，一种文明才能够诞生、发展，在和全球各种文明的碰撞之后获得新生，最终，蝶变得更加丰富和美好。

红旗渠从无到有的事实说明，人只要树立其坚定的信仰、长远的目标，就完全有可能在一种伟大精神的感召下，克服似乎无法跨越的艰难，创造性地实现自己的目标，从而书写出人类精神史上新的史诗。

这种精神力量将穿越时空而永恒。

四

是的，本书中，我不仅希望忠实地还原彼时、彼地诞生这一伟大工程的前前后后，展示红旗渠人思考的过程、红旗渠工程艰难的进程，我更想搞清楚的是：

艰难岁月，修建红旗渠的这些人，是什么样的精神支撑了他们？他们的精神世界究竟是什么样的？这种精神，对他们，对一个民族、一个国家，乃至对人类，究竟有什么意义？

光阴荏苒，这种精神产生了什么样的流变？为什么任岁月流逝，它不仅没有消逝，反而历久弥新，甚至成为"新的精神传统"，让后来者仰望它、瞻仰它的同时能够产生无穷尽的动力，从而想要追随这种传统，投身新的行动？

所以，我们追忆红旗渠，更是要追忆红旗渠人。

所以，我们描述红旗渠，更是在描述中国的一种精神。

围绕红旗渠而展开的所有情节丰富的故事，是中国人民奋发图强、勇敢智慧、创新追求的写照。

这些带有强烈民族性格与精神内容的表现，当年是、现在依然是非常精彩的"中国故事"，需要我们永远记忆与传扬。

上篇
一万年的对话

红旗渠源（郑谦飞 摄）

第一章 传说、苦难与梦想

故事与传说

红旗渠工程所在的林县，处于中国的北方。

北方是中华文化的发祥地，是中国历史开始的地方。 信史和半信史时代，中国人的活动范围，基本上都分布在这里。这里产生了中国最早的城市，诞生了中国的第一个王朝。 这里流传的故事与传说，包含着解释中国传统文化最核心的密码。

盘古开天地是中国人有关创世的最著名的传说。 它说的是太古时期，没有什么天和地，混沌中只有一个巨大的球体悬浮着。 黑暗持续了一万八千年，大自然也无声无息了一万八千年。 无边无际的黑暗里，诞生了一个力大无穷的神，名字叫盘古。 他手持一把利斧，怒吼着劈向四周。 他劈开了天和地。 他站在天地中间，支撑着天地。 天越来越高，地越来越厚，盘古的身体也一天天增高。 就这样又过了一万八千年，天变得极高，地变得极厚，可是盘古却再也没能站起来。 他死了。 他的头化作高山，四肢成了擎天之柱，眼睛变成太阳和月亮，血液变成了江河，毛发肌肤都变成了花草，呼吸变成了风，喊声变成了雷，泪水变成了雨水滋润万物。

远古时代，鸿蒙初辟，天地混沌，刚刚可以称为"人类"的"人们"，没有房子栖身，没有衣服遮体，吃了上顿没下顿，更有一群群野兽躲在附近的丛林里虎视眈眈，每一个白天都充满危险，每一个夜晚都充满恐惧……如果没有英雄挺身而出，他们怎能抵抗无边的艰辛和苦难。

他们想象的盘古氏是个勇武而悲壮的英雄。 他怒吼着，用尽全身的力量，挥舞着手中的利斧左冲右突。 白昼如黑夜般漆黑，疾风劲吹，电闪雷鸣，大雨倾盆……天地之间的缝隙越来越大。 盘古竖起身子，大山般挺立在大地上。 当天空终于成为天空，大地终于成为大地，洁白的云朵散发出圣洁的光辉的时候，"时间开始了"。

每个人都有一颗英雄之心。 完全可以想象到，低矮的草屋里，阴暗的山洞中，刚刚从蒙昧中走出来的人们多么渴望能够拥有盘古的勇力。 成为英雄，像英雄一样挺身而出，创造出英雄的故事和传奇，这是一件多么光荣的事情。

与盘古开天地的故事相比，精卫填海的传说，更能够体现出人类悲壮的行动力。 这个故事最早出现在《山海经》里：

发鸠之山，其上多柘木。有鸟焉，其状如鸟，文首、白喙、赤足，名曰精卫，其鸣自诙。是炎帝之少女，名曰女娃。女娃游于东海，溺而不返，故为精卫，常衔西山之木石，以堙于东海。[①]

用现在的话说就是：发鸠山上生长着茂密的柘木。 树林里有一种鸟，花脑袋、白嘴巴、红爪子。 这种鸟，发出"精卫、精卫"的叫声。 叫声也就是它的名字。 其实，它本是炎帝最小的女儿，名叫女娃。 女娃有一次去东海玩，溺死在大海里。 她的魂灵变成精卫鸟，不停地衔来发鸠山上的木头、石子。 她要把东海填平。

《山海经》里提到的发鸠山，直到今天还叫这个名字。 它位于山西省长治境内，浊漳河——红旗渠里的水引自浊漳河——便发源于此。 浊漳河绕出太行山之后，东流至河北涉县合漳乡，与清漳河合流，这就是漳河，著名的西门豹治邺的故事就发生在这里。

在浩瀚的东海面前，女娃的生命是脆弱的。 一个浪头打过来，她便从人世间永久地消失了。 但是，她的灵魂不死，即便是渺小到只是一只小鸟，也要进行悲壮的抗争。

战国时期的列御寇在他著名的《列子》里，讲了一个愚公移山的故事。 故事中的愚公，年近 90 岁，明明知道穷其一生也难以完成移山的工作，但他还是带领着子孙，日复一日地工作。 他们生命不息，挖山不止，终于感动了天帝。 天帝派来

---

① 《山海经》，中州古籍出版社，2008 年 4 月第 1 版，第 83 页。

两位大力神，帮助老愚公移开了两座山。

愚公移山的故事，诞生于中华民族的童年时期。 不过，漫漫历史长河里，它一直像一块静静的石头，沉睡于水面之下。 直到五四新文化运动风起云涌，当中国人对自己、对自己的民族有了更加清晰的认识之后，它才浮出时间的暗角。它所展露出的魅力，惊艳了一个时代，进而为国人耳熟能详，

《愚公移山》(油画)　徐悲鸿作
　画家徐悲鸿几乎一生都在颂扬愚公移山精神。这幅创作于20世纪40年代的作品，回到传统文化的价值源头，在那里寻觅中国人几千年来百折不挠的精神，给当时痛失家园的国人以精神的力量

甚至深刻地影响了现代中国的历史。

1919 年，还是北大学生的傅斯年在著名的《新潮》杂志上，发表了一篇题为《人生问题发端》的文章。他在讲述愚公的故事之后评价说：人类文化，人类的一切福祉，都是一点一点、一层一层积累起来的；文化与福祉的积累，要依靠群众，"群众是不灭的，不灭的群众力量，可以战胜一切自然界

的"。 在傅斯年看来，"我们想象人生，总应当遵从愚公的精神。 我的人生观念就是'愚公移山论'。 简洁说罢，人类的进化，恰合了愚公的办法。 人类所以能据有现在的文化和福利，都因为从古以来的人类，不知不觉的慢慢移山上的石头土块；人类不灭，因而渐渐平下去了。 然则愚公的移山论，竟是合于人生的真义，断断乎无可疑了"。

1919 年，年轻的毛泽东是北大图书馆的一名管理员，正以一颗敏感的心，感受中国大地的心跳。 任何一种风向他都在敏锐地捕捉。 我们完全可以推测，毛泽东是读过傅斯年的文章的。 也许，就是从那时起，愚公移山的故事，进入了他的视野，并且浸润了他的内心，之后，每一次成功与失败，每一次的呼喊与沉思，一次次从枪林弹雨中转身，一次次艰难跋涉，愚公的精神一直在隐隐地鼓舞着他，成为他内心深处的背景，让他能够自信地带领他身后的队伍，向着中国人所向往的目标，一往无前地进击。

抗日战争时期，毛泽东在多次讲话中都强调要学习愚公移山精神。

1938 年底，当抗日战争正处于异常艰难的时候，毛泽东在延安抗大发表讲话，鼓励他的几亿同胞。 他说：我们就是要打下去，一直到胡子白了，把枪交给儿子，儿子胡子白了，再把枪交给孙子，孙子再交给孙子的儿子，再交给孙子的孙子……

1945 年，在党的"七大"上，毛泽东致闭幕词时，再次讲述了愚公移山的故事。 他说：现在也有两座压在中国人民头上的大山，一座叫做帝国主义，一座叫做封建主义。 中国共产党早就下了决心，要挖掉这两座山。 我们一定要坚持下去，一定要不断地工作，我们也会感动上帝的。 这个上帝不是别人，就是全中国的人民大众。 全国人民大众一齐起来和我们一道挖这两座山，有什么挖不平呢？ 他的讲话，整理成文章《愚公移山》发表后，一纸风行，给了国人无穷的力量，鼓舞着人们，胸怀长远目标，排除万难，成就伟大神圣的事业，从一个胜利，走向另一个胜利。

1957 年，毛泽东还在一份山村建设报告上做出了"愚公移山，改造中国"的批示。 这个批示，成为那个年代改造山河、改变贫穷落后面貌的动员令，而移山的愚公，也成为那个年代的中国人学习的榜样。

愚公所要移的"太行、王屋二山"，其实就是太行山。 红旗渠便修在太行山上。 传说中的愚公故里，在河南的济源市，离红旗渠所在的林州，有 200 多公里。

盘古开天地、精卫填海、愚公移山的故事，诞生于中国文化的童年时期，体现了古中国人对于人与自然关系的思考。人从哪里来？ 天何以为天？ 地何以为地？ 无边无际的天地之间，人何以自处？ 也许，今天的人们都无法完全回答这样的问题。 人类自从成为人类，注定就要永远为解答这些问题而探索，为求得身体的解放和智慧的累积而殚精竭虑。 几乎完全依靠感觉和想象，中国的先民们在鸿蒙初辟之时，开始用神话的方式来解释世界。 我们完全可以想见，早晨，太阳刚刚升起，三三两两的先民便走出了洞穴，走出了窝棚。 他们用以遮蔽身体的装扮那么简陋，甚至不能够称之为衣服；他们手里的石刀、石斧那么粗糙，几乎和大地上任何一块石头一样。 然而，他们对于手里的活儿，是那么认真，他们的表情是那么欣喜、庄重。 他们缓慢而有力地劳作，为自己，也为他们的儿女采集、搬运。 当太阳从西边落下时，他们累了，拖着沉重的躯体回到简陋的家。 简单地吃了点东西之后，黑夜来临了，蠓虫在头顶飞来飞去，风从四面八方吹过来，远处传来了不知名的野兽低沉而粗犷的声音……这一切，无不激发着他们那毛茸茸的感受。 他们懵懂而敏锐地发现，人诞生于自然，依赖着自然，无时无刻不被自然限制。 那么，人类是选择被自然禁锢，还是选择投入自然、拥抱自然，在改造自然的过程中利用自然？ 盘古开天地、精卫填海、愚公移山的故事已经提供了答案。

山高水深，长夜漫漫，人类，在无限长的时间和无限广的空间面前，显得如此渺小、脆弱、不堪一击，但是，人毕竟是万物之灵长，有着聪明的头脑和灵巧的双手，像盘古那样行动起来，像精卫那样坚持下去，像愚公那样不言放弃，总有一天能够实现梦想……

大 道 在 水

水，孕育了生命，哺育了人类。 它是生命的源泉，是生存之命脉。

人因水而生，逐水而居。 人类历史上古老的文明成果，往往也是水文化结出的硕果：黄河文明、长江文明、红海文明、尼罗河文明……

正是因为水与人的关系太密切了，所以，水与人之间，发生了太多的故事。

当风调雨顺、河流驯顺的时候，水带来的是福音。它就像多情而慈祥的母亲，怀抱青山，滋润大地，给人类提供源源不断的营养。

气候失调的时候，水给人类带来的灾难又是深重的。

一种情况是，大洪水带来的灭顶之灾，使得道路村庄不复存在，高山、丘陵沉入水底，人类的家园变成一片泽国。

另一种情况是，江河见底，大地龟裂，草木干枯，庄稼颗粒无收。它意味着大饥荒将要到来。剥树皮、吃树叶、易子而食的情况都可能出现。许多人逃离家园。类似于河南1942年大饥荒时的惨状，在中国历史上不止一次出现。

2012年，中国导演冯小刚用一部沉重的作品——《一九四二》展示了民国历史上那场似乎早就被遗忘了的大饥荒。1942年，干旱、蝗灾和兵祸导致了一场几乎遍及河南全境，还蔓延到省外的大饥荒。镜头下的1942年，沉重、压抑，连空气中似乎都飘浮着灾荒的信息。饥饿，像梦魇一样笼罩在河南的大地上。这场饥荒最终吞噬了300万人的生命，还有300万人逃离家乡。真可谓"白骨露于野，千里无鸡鸣"。天灾人祸造成的惨状，令人触目惊心。

但事实上，1942年的大饥荒，只是中国历史上无数次灾荒中的一次。

中国可谓世界上自然灾害最严重的国家之一。由于幅员辽阔，中国几乎涵盖了全世界90%以上的地形地貌：高山、大河、沙漠、草地……它们当然给中国带来了怡人的风景，但也带来了无数的灾害。 1937 年，邓拓先生在他那部著名的《中国救荒史》里说：

> 我国灾荒之多，世界罕有，就文献可考的记载来看，从公元前十八世纪，直到公元二十世纪的今日，将近四千年间，几乎无年无灾，也几乎无年不荒；西欧学者甚至称我国为"饥荒的国度"（The Land of Famine）。综计历代史籍中所有灾荒的记载，灾情的严重和次数的频繁是非常可惊的。①

中国的北方，自古以来人口密集，一有灾荒，影响到的人就很多，古书中所记载的灾荒，大部分发生在这里。

北方最严重的灾荒往往跟黄河有关。 黄河，始终像一把锋利的刀子悬挂在人们的头顶。 雨季来临，当上游的来水超出了河床的承载能力，它便开始疯狂地泛滥。 史料记载，从公元前 602 年的周定王五年，到 1938 年的 2540 余年间，黄河一共发生溃决 1590 次，大改道 26 次，平均 3 年就有两次决口，100 年就有一次大改道。 每一次的决堤和改道，都是"江河横溢，人或为鱼鳖"，往往要几年、几十年才能平复。

与大水相对应的是干旱。 在中国，跟洪水发生的频率相比，旱灾实在是有过之而无不及。 美国学者戴蒙德在他的《崩溃——社会如何选择成败兴亡》一书里这样描述中国缺水的状况：

---

① 《中国救荒史》，邓云特（邓拓）著，商务印书馆，2011 年 10 月第 1 版，第 9 页。

中国红旗渠

以世界标准来看,中国淡水资源不足,人均拥有量仅为世界人均拥有量的四分之一。更为严重的是,各地水资源分布不均,北方居民人均拥有量仅为南方的五分之一。水资源不足再加上浪费,使得中国 100 多个城市遭受严重的缺水危机,有时还影响到工业生产⋯⋯中国是世界上河流断流问题最严重的国家,至今河水仍在被不停地抽取,因此断流问题进一步恶化。例如从 1972 年到 1997 年这 25 年内,有 20 年的时间黄河下游出现断流,而断流天数也从 1988 年的 10 天增加到 1997 年的 230 天。[1]

戴蒙德说的是现代中国,但它也是长期以来中国水资源的基本状况。中国的北方,缺水的情况更为严重。北方雨季短,降雨量少,一旦旱魔降临,就是河流干涸、赤地千里、收成无望,人们吃树皮、啃草根,甚至易子而食。

今天的我们,读历史的时候,时不时地会生发出许多感慨。北中国人是幸运的,他们很早就拥有了灿烂的文明;北中国人也是多难的,创造文明的过程中,付出的代价实在太大了。大自然把一片广阔的土地赐予他们,同时也把苦难赐给了他们。而认识自然,改造自然,也始终是几千年来他们生活中不变的主题。

有人统计过,自公元前 200 年左右到公元 1949 年,这 2000 余年间,我国发生的特大洪水就有 1092 次,几乎每两年

---

[1] 《崩溃——社会如何选择成败兴亡》,[美]贾雷德·戴蒙德著,江滢、叶臻译,上海译文出版社,2008 年 4 月第 1 版,第 295~296 页。

就会发生一次。 也就在这 2000 余年里，发生在我国的特大旱灾也达 1056 次，差不多也是两年一次。 也就是说，新中国成立之前的 2000 余年里，中国人每年都要和大水或者大旱斗争一次。

水，似乎成了中国人的宿命。 洪水和干旱致使国无宁日、民不聊生。 因水而发生民变、改朝换代者，不在少数。正如先人所言：“水能载舟，亦能覆舟。”

大道在水，“善治国者必重水利”。 为了避免大水滔滔或者天下大旱带来的灾难，人们必须组织起来，挖河修渠，筑坝

大禹像。大禹治水的故事，为中国古代政治家提供了重要的治国参考（刘运来供图）

堆土，让洪水能够在河道里慢慢地、一点一点地失去野性，让干旱龟裂的土地能够及时地得到灌溉。

古代中国最有名的治水故事是大禹治水。大禹一直被称为中国乃至世界治水第一人。那是在距今4000多年前的尧舜时代，黄河流域发生了大水，田地被淹，人畜大批溺死。尧帝先是命令大禹的父亲鲧来治水。鲧是当时著名的水利专家，可是他采用筑坝的方式来治理，以期驯服江河。9年时间过去，天下大水依旧。鲧被处死，大禹接替其父亲担负起治水的重任。大禹弃其父亲"堵"的方法，采用"疏"的办法，成功地治理了水患，结束了古代中国的大洪水时代。而其治水用的"疏"的方法，也成为古代中国成功的政治家们治理国家的重要参考。后世人们为了纪念他，特地在浙江绍兴会稽山上为其修建了大禹陵。人们这样祭拜他：

> 吾祖大禹，治水兴邦。肇始于西蜀岷山，毕功于会稽钱塘。平水土，江淮河汉得安澜；定九州，华夏文明绵祚长。伟哉夏禹，万世景仰。
>
> 今我同仁，拜谒先祖。悟其治水真谛，因势利导，天地人和；踵其道德品格，忘我无私，求实负责。稽山青青，鉴水流长；禹之精神，日月同光。

为了对付干旱，人们往往会挖土修渠，引水灌溉，让旱地变成水浇地，让源源不断的流水能够从土地和村庄旁边经过。

古代中国最著名的引水工程建造在西南地区的四川盆地。太守李冰父子带领当地的老百姓，花费8年时间，成功修建了都江堰工程。 都江堰通水之后，成都平原"水旱从人，不知饥馑，时无荒年，天下谓之'天府'也"(《华阳国志》)。 也就是说，人们可以自由地安排用水的问题了。 啥时用水，啥时让地先干着，是人说了算而非老天说了算。 从此以后，成都平原没有荒年，人们连啥是饥荒都不知道了。 都江堰工程修建于公元前256年左右，2000多年后的今天，它仍然在发挥着最初的作用。

在北方，与都江堰齐名的则有今天陕西境内的郑国渠。春秋战国时期，西部的秦国挟虎狼之师雄霸天下，中原地带的韩国为了"疲秦"——也就是消耗秦国的国力，派出一个名叫郑国的水利专家过去，试图游说秦王修一条渠道。 秦王识破了韩国的"阴谋"，欲杀之以泄愤，郑国不愧是一个有实力的水利专家，引经据典，滔滔不绝，有理有据地说服了秦王。"为韩延数岁之命，而为秦建万世之功"的郑国渠得以兴建。10年之后，渠道修建成功，渠水开始发挥作用，关中从此成为沃野，秦国国力大大提升。 后来，它吞并六国，一统天下，郑国渠居功至伟。

红旗渠所在的太行山区，自古就有兴修水利的传统。 上文提到的西门豹治邺，发生在离林州不远的河北省临漳县。那是公元前422年，还是在战国时期，作为魏国的邺地太守，西门豹上任伊始，便四处走访。 这里田园荒芜，人烟稀少，百业萧条。 通过调查，西门豹得知，这里的问题全在一个"水"字上。 原来，邺城位于漳河下游，漳河发水时，一地汪洋，而大片土地因为远离水源，无水可浇，日复一日地处在干旱之中。 当地豪强还借漳河大水，与女巫勾结，以给河神

"娶妇"的名义，祸害百姓。 西门豹硬起手腕，废除了"娶妇"的陋习，又征发当地民工，开凿了 12 条渠道，引漳河水来浇灌土地。"漳水十二渠"不仅可以为庄稼补水，而且因为引来的河水中含有大量泥沙，泥沙中富含大量有机肥料，一举改良了两岸的土地成分，让水患无常的邺地成为沃野良田，魏国也迅速成为战国初期的经济、军事强国。 西门豹的政绩，连司马迁都不由得连连称道：

> 西门豹为邺令，名闻天下，泽流后世，无绝已时，几
> 可谓非贤大夫哉！

大自然是无情的。 大自然从来不会因为人类的需求而做出改变。 亿万年如斯，它永远按照自己的法则来运转。

而历史是有情的。 那些为了人类的生存与发展，不惜代价，把所有的智慧和体力都奉献出来的勇敢者和先行者，将会久远地留存于人们的记忆里。 他们的精神，也将如漫漫长夜里不灭的星辰，永远闪耀在历史的天空。

第二章　为什么是林县

咱林县,真可怜,光秃山坡旱河滩;

雨天冲得粮不收,雨少旱得籽不见;

一年四季忙到头,吃了上碗没下碗。

——林县民谣

美景与苦难

2014 年春节过后不久,我又一次穿行在太行山的崇山峻岭里。

虽然早已立春,但冬天的寒意还没有过去,山间的白雪没有完全融化,草木萧索,水瘦山寒。 此时,河水是一年中最少的时候,也正是农闲,庄稼还没有开始尽情生长,它们猫着腰、缩着身子来抵抗太行山里的阵阵寒意。 这样的季节,正适合开山修渠。 1960 年，红旗渠正是在这样的季节里开始动工的。

冬天的太行山，没有山花和绿草的装点，看不到春天的烂漫；看不到茂盛的树叶，缺少了夏天的活力；红叶也已经凋谢，眼前没了火红色的雄浑。 此时的太行山，肃穆而庄严，刀砍斧削般的崖壁向远方无尽地延伸，无言地诉说着这条山脉的沧桑和古老。

太行山脉是中国历史上出现最早的山脉。[①] 它的最北端在北京的关沟一带，南端止于黄河谷地。 太行山之东是广阔的华北平原，而在太古时候，这里是一片汪洋大海，现在的北京、天津，都处在大海之中，后来才慢慢地成为冲积平原，变成沃野。 太行山的西边是山西高原，而山西高原事实上已经是黄土高原的一部分。

有人说，南太行把最美的一段留给了河南。 红旗渠工程所在的太行山，便处在这最美的一段中。 从地貌学的观点来看，它属于典型的嶂石岩地带[②]。 嶂石岩，简单说，就是连绵不断的红色崖壁长墙。 有人形容它是"万丈红绫""百里赤壁"。 它往往会有几十或上百米高，有时候能绵延几公里甚至几十公里，犹如天崩地裂时神工鬼斧的痕迹，根本没有坡度可言，就那样直直地伸向天空。 假如有河流、亭台楼阁点缀山间，那是一幅绝美的画卷。 不必想象，据实描摹，任何一处风景都是美妙的山水画。 实际上，这里也确实诞生了艺术巨匠。 五代后梁时期，有一位绝世高人隐居在红旗渠畔的洪谷

---

① 《中国人史纲》，柏杨著，同心出版社，2005 年 9 月第 1 版，第 14 页。

② 《中国国家地理》，2009 年第 10 期，第 322~335 页。

山中。 他以此地山水为背景，日日临池，夜夜冥想，终成北方山水画派开山鼻祖。 这位高人名叫荆浩，他的故居今天在洪谷山仍有遗迹。 直到今天，在太行山中，还星星点点地散布着挂着"写生基地"牌子的一个个小村子。 夏秋时节，一队队美术爱好者或者学生会在村子里住上几个月，面对眼前的石壁寻找创作灵感。 已故河南著名画家李伯安先生生前便常常来这里写生。 他以愚公移山的精神，耗尽毕生精力，创作了震动 20 世纪中国画坛的巨幅长卷——《走出巴颜喀拉》。

由于太行山的险峻，历史上，它往往成为一道屏障，让发生在华北平原上的战争难以向西推进，它也往往成为难民们避难的场所。 绵绵太行，南北 800 余公里，只有 8 个窄窄的峡谷可以通过，一夫当关，万夫莫开，人称"太行八陉"，成为古代河南、河北、山西三省穿越太行山脉的 8 条咽喉要道。

抗日战争中，中国共产党领导的八路军，正是依靠太行山的屏障，英勇地抵御着日本侵略者的罪行，为最后的抗战胜利做出了巨大贡献。

险峻的山峰，让当地人的生活、出行极为不便。 李白说，蜀道之难，猿猴愁难攀。 其实，南太行一点也不比蜀山"易"。 茫茫群山，沟壑纵横，散落在山岩之中的小村子，浑如浩瀚的夜空里的几颗星星。 在没有汽车、没有道路的年代，从山里到山外，不啻是一次艰难的长征。

路是个问题。 但认真说来，如果不是在战争年代或者十万火急的情况下，它也就是个方便不方便的问题，毕竟不能致命。 但没水或者发大水，就能酿成致命的灾害了。

穷山恶水，四个字完全可以概括地理上的林县。

林县流传一个故事，说是有个农民，一大早上山开荒。他身强力壮，干劲很大，一天下来，开了 8 块地。天擦黑，该回家了。他满意地转过身子，开始检阅自己的劳动成果：1、2、3、4、5……数来数去，怎么数，都是 7 块而不是 8 块。勤劳的农民郁闷极了，但也无可奈何。他只好怏怏地拿起草帽，准备回家。草帽拿起来，他转怒为喜——他的第 8 块地就藏在草帽底下——可见这块地的面积有多"大"。

故事可能仅仅是个笑话，但笑话里所包含的心酸，我们可以清晰地察觉到。

缺水、惜水、盼水

林县的 2000 多平方公里土地，大部分在山区，有"七山二岭一分田"的说法。山高岭险，散布在山脚、崖边的耕地，形状不规整，面积小，根本存不住墒。往地下稍微翻一下，都是石头蛋子。

也不是没水。林县有浊漳河、淇河、洹河、淅河 4 条河流，但基本上都是过境河，多数时候干涸见底，汛期水量却不小，有时甚至还很大，能冲走人畜，淹没村庄和土地——战国时的西门豹治理的便是这种灾害。由于没有合适的水利设施，不能存水，加上林县是山区，道路崎岖，土地不平，河床若稍高一点，便没有办法把水引到远一点的地方，所以，更多的时候，人们的生活用水都要到很远的地方去挑，想要拿水来灌溉，基本上是痴人说梦。

地面的水不好用，地下水也用不上。 林县多石灰岩，存不住水，水往往在地下很深的地方。 1994 年，一个村子打井，打了将近 250 米深才出水。 没有先进的设备，根本打不了 250 米的深度。

那么，修些大水塘来存水？

也不好办。 查看林县的水文资料，我们可以发现，一年中，降水基本在 7 月份和 8 月份，能占总降雨量的七成以上，其他季节，下雨很少，下点雨，很快就流走了——到处都是石头缝，水流得很快。 即便能存住一些水，也会很快蒸发掉。

没有水的生活是不可想象的。

缺水，让林县人的生活苦不堪言。

为了水，不知道有多少林县人付出了生命的代价。

林县有一个广为流传的故事。 故事发生地在红旗渠著名景点——青年洞所在的任村。

那是 20 世纪初的时候，任村桑耳庄村的 300 多户人家，没有别的取水手段。 年复一年，他们都要挑着水桶，跑到 8 里地外的黄崖泉担水吃。 挑水的路上，不少人跌死、跌伤。有一年大旱，庄稼颗粒无收，山上的树皮剥完了，草根挖光了。 香也烧了，神也拜了，雨也祈了，但是，天上依然不见一丝乌云。 长时间的干旱，使得黄崖泉的泉水也快干了，泉眼很小，水滴得很慢，来担水的人只能排队慢慢等待。

这年大年三十，虽然缺吃少穿，但年还是要过的。 一大早，已过六旬的桑林茂老汉就起床了。 他沿着那条崎岖的小路来到黄崖泉。 等了一天，终于轮到他来接水。 接好后，他挑着满满的一担水小心翼翼往家走，唯恐有一点点水洒出来。

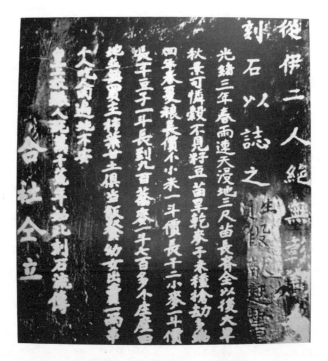

林州市河顺镇塔子驮山上记载旱灾的石碑。释文:光绪
三年,春雨连天,浸地三尺,苗长齐全。以后大旱,秋景可怜
……四年春夏……柿叶甘土,俱当饭餐。幼女出卖,一两串
□。人吃人肉,遍地不安。皇上放赈,人死万千。荒年如此,
刻石流传(郭端飞摄于红旗渠纪念馆)

天快黑了,他还没有到家,新过门的儿媳妇王水娥出来接他。
儿媳妇孝顺,从公公肩头接过了担子,把这珍贵的一担水放在
自己肩上。天色已经黑了,路又不好,加上王水娥是小脚,
她刚走了几步,一不小心摔倒了,把一担水给洒了个精光……

桑林茂老汉不顾一切地趴到地上,想把水捧回桶里去。
但"覆水难收",这怎么可能!

全家人倒是没有谁说一句埋怨儿媳妇的话,相反,还宽慰

她：先向邻居借点水用，明天再去挑！ 只不过，没有水的除夕夜，这个家显得更加黑暗难挨。

就在婆婆把饺子包好，准备下锅时，却发现王水娥不见了。

找来找去，发现她吊死在新房的房梁下。

全家人惊呆了。 这个除夕，成为他们在林县度过的最后一个除夕。 第二天，一家人埋葬了儿媳妇，没和乡亲们打招呼，带着家里不多的财物，相互搀扶着走上了逃荒的道路。

第一次听到这个故事时，我的感觉是惊心动魄。 我们当然难以窥探到王水娥的内心。 但是，你如果在冷风刺骨的太行山上，看看那滴得极慢的泉眼，那一块块裸露的岩石，那九曲十八盘的小路，就会理解她的心情：惊慌、羞愧、恐惧、无奈……

年轻的王水娥，她的生活刚刚开始就永远地结束了，仅仅因为一担水。

一个家庭，就这样离开了祖祖辈辈生活的故乡，还是因为水。

所以，林县人惜水如命。 谁要是不小心浪费了水，那是和浪费粮食一样的罪过。 新中国成立后的 20 世纪 50 年代，当后来成为红旗渠工程决策者、总指挥的杨贵第一次来林县到农民家里时，他还能吃惊地发现，林县人把一点点水都看得像金子般贵重。 他多次给人讲述初到林县的一个场景：他带着工作组下乡调研，一路风尘仆仆。 到了农户家想洗把脸，主人端上来一个铁洗脸盆。 杨贵瞅了一眼，脸盆只有烩面碗大小，水还是半盆。 这倒不说，这边洗着脸，那边还不停地

"叮嘱"："您洗完脸千万别把水泼了，俺还等着用洗脸水喂牲口哩！"

史料记载，红旗渠修建之前，林县 550 个行政村中，有 307 个村常年人畜饮水困难，有 181 个村要跑 2.5 公里以上的路取水吃。[①] 林县每年因取水误工达 480 万人，超过农业总投工的 30% 多。 也就是说，林县人每年要把将近 4 个月的时间，抛洒在那漫长的取水山道上。

一部林县的历史，就是一部记录水旱灾害发生的历史。

翻阅关于林县的历史文献，我们可以看到连篇累牍的灾害记录：

明正统元年，大旱；

明正统四年，大水；

光绪元年大旱，人割死人肉而食；

光绪三年大旱，人吃人肉，死万千；

民国九年大旱，凶荒；

民国三十一年大旱，十室九空，饿殍遍地……

林县人统计过，从明初到民国九年的 500 年间，林县发生严重旱灾 20 多次，造成人吃人的有 5 次。 而小的水灾或者旱灾，几乎无年不有。

一条扁担两个筐，拖儿带女去逃荒。

不上山西讨饭吃，人还咋个过时光。

---

① 参见《红旗渠志》，河南省林州市红旗渠志编纂委员会编，三联书店，1995 年 9 月第 1 版，第 10 页。

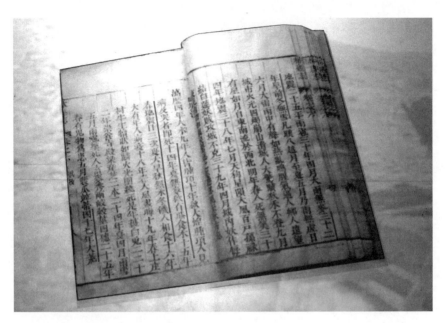

《林县志》里有很多关于灾荒的记载

　　当地人口口相传的这首民谣告诉我们，林县的大地上，有无数桑耳庄那样的村庄、无数王水娥那样的家庭，有无数的悲剧上演。林县的历史，也是一部老百姓逃荒的历史。

　　大灾之年，人们拖儿带女，相搀相扶，背着个包袱卷儿，拄根棍子，穿过太行山的豁口，艰难地向西跋涉。林县人蹒跚的步子，遍布陕西、内蒙古。山西最近，逃到那里的人最多。

　　山西省长治市的林移村，就是林县人逃荒历史的活标本。林移村的历史，可以追溯到一百多年前的清朝宣统年间。当时，又一场大灾荒降临到林县的大地上。

　　伟大的俄罗斯小说家托尔斯泰在其不朽巨著《安娜·卡列

尼娜》里说，"幸福的家庭都是相似的，不幸的家庭各有各的不幸"，可对于林县人来说，幸福的生活那么短暂，而所有的苦难都是相似的：依然是天大旱，庄稼绝收，"谷不见籽，豆苗旱干，柿叶甘土，俱当饭餐"。

除了逃荒，人们无可选择。

有两家人，来到了长治附近的荒草泊。

叫荒草泊，可谓名副其实。方圆数十里，荒草疯长，汪洋遍地，时不时地有野兽出没其中。无论白天还是夜晚，都少有人来。偶尔有三两个人出现，也往往是为了埋葬死人，或者抛弃病死的牲口。

自然，以现在的眼光来看，这里是一片湿地，被称为"大地之肺"——如果有一颗平静、悠闲的心，看到它，会认为是一片美好的风景。然而，对于那些需要寻找立锥之地的难民来说，它处处都埋伏着杀机。

即便如此，他们也认为，这里好过地薄石厚的老家。改造改造，一定能把它变成良田，种上庄稼，一定能有超过老家的收获——不就是要付出汗水和劳动吗？林县人有的是力气，有的是不怕吃苦的精神头儿。

这两户人家，找了一块儿地势稍高的地方，拔掉荒草，平整地面，搭起一座草庵，勉强住下来。

他们挖沟、修渠，把地上的水慢慢排走。

他们拓荒、播种，希望在秋天能够有所收获，告别食不果腹的生活……

这样的生活，一过就是几十年。两家人变成了很多家人，"子又生孙，孙又生子"，人口也发展到几百人，荒草泊已经成为一个和当地其他地方别无二致的村庄了，但是还没有名字，当地人也不把它叫作村庄。

真正成为村庄，是在 1945 年，长治解放之后。逃荒人选出代表，向当地政府提出要求，建一个村子。当地政府爽快地批准了。这个村子，住的全部是从林县出来的，所以就叫"林县移民村"，简称"林移村"。

现在，当我们坐在电脑前，随便打开一个在线地图，输入"林移村"几个字，这个传奇的村庄、苦难的村庄、新生的村庄的标志，就会赫然出现在我们眼前。

直到今天，当地人还操着一口标准的林县话，逢年过节，还按照林县的风俗习惯准备吃食、串亲戚。在他们心目中，林县是他们的根，苦难的历史，他们永远难忘。他们继承的山里人的秉性，也永远成为内心深处最为坚强的一部分。

1936 年出生的李改云是红旗渠建设工程特等劳模。她们一家人的故事，非常典型地代表了林县的一个家庭与灾荒、与红旗渠工程的命运关系。2014 年深冬的一天，我来到林县，在她家的小院里，倾听了李改云的讲述。

"那是 1942 年——1942 年，河南大旱嘛。当时，我们林县没有一点水，那庄稼地里，蝗虫飞得'呼呼'的，看不见天，把地里的草都吃得没有了。人一开始吃野菜，后来连野菜都没有了，就去山西逃荒。——地主老财不缺吃的，富农也可以过下去，我们这些穷人都没饭吃。村上百分之八十的穷人都去逃荒了，有的逃得近点儿，有的逃得远点儿。我们家逃得远，到了山西静乐县。

李改云(左)接受作者采访(郭端飞摄)

　　"逃荒都是步行。 一路上，到处能看见饿死的人、饿晕的人、饿得走不动的人。 有大人，有孩子。 我母亲一直拉着我的手走。 有一天我饿得实在走不动，倒那儿起不来了。 我母亲就把我留那儿，自己往前走了。 后来我又有劲了，遇见一个熟人。 我跟着她又往前走。 走到山西静乐的时候，实在没有办法，家人就把我卖了，卖了 5 升粮食。 买的那一家就在我们逃去的那个村子。 我跑回家，人家又找过来，我父亲说，让孩子吃完饭，我们再把她送过去。 人家说，算了，别送了，就让她在家吧。 我这才算又和我们家人在一起了。 我父亲会铁匠手艺，到了一个地方，能稍微找点活干，能挣点钱。 可是你想想，那日子过得多难！ 我家 1942 年走的，1952 年才回来。 逃了 10 年。

"红旗渠工程动工的前一年冬天，我到县里参加培训，听过老杨书记做的报告。他说，咱们林县哪里都缺水，那么多年，修了那么多水库，也没有解决问题，准备搞引漳入林工程。听了以后，大家都很高兴，因为漳河水可大了。能把漳河水引到林县来，林县就不会缺水了，也不用逃荒了。

　　"那时候，我24岁，虚岁，老支书人很好，他知道这次工程大，本来是让别人去的，但后来同意我带人去。后来，支书又给我说：'你去，再给你派个人吧。'我想副支书毕竟是男人，年龄也大一些，到工地上了，有什么事，帮着把把关也可以。就这样，又派个副支书，我们一起去工地上。

　　"林县人都知道漳河里水大。——从我家走一天，就能看见漳河水了，大得很。我从县里回来以后，对我们村里的老支书说，这次工程，我带着人去。因为以前别的工程，都是别人去的，我是大队妇女队长，还没去过。所以我就说，这一次我要去，一定等修好渠把水引过来再回来，不修好我就不回来。"

　　林县人吃尽了苦头……

　　是的，大自然给予了林县人特殊的地理环境、特殊的生存条件，它不可改变。可以改变的是人的思想、人的行动。是默默地忍受，还是动员起来，团结起来，一起投入改造自然的行动中？

　　千百年来，林县人选择的是后者。

　　古人说的"从天而颂之，孰与制天命而用之？""穷且益坚，不坠青云之志"，在林县早就成为一种"集体无意识"。

林县人没有因为环境的险恶而失去抗争的勇气，没有因生活的艰难而走向生命力的衰退。相反，他们直面困境、挑战艰难，几千年一以贯之地开山修渠。如果说，1960 年开始动工修建的红旗渠是一个奇迹，那是因为他们继承了太行山深处厚重的中国传统。

历史的天空

林县人很早就开始修建水利工程。林县的历史就是一部修渠的历史。

还是让我们来翻翻《林县志》吧，林县有爱国渠、黄华渠、洪峪渠、永惠渠、桃园南渠、新民渠、爱民渠、抗日渠、建设渠、建民渠、英雄渠……①

林县的历史上，关于修渠这个问题，官员和百姓的利益、意见非常一致。谁为百姓修渠，百姓就拥戴他、感激他、歌颂他。而修渠的过程中，百姓都会尽最大的能力来参与。

天平渠是林县历史上第一项有影响的引水工程。

那是在元朝，潞安巡抚李汉卿路过林县。他心目中的林县当是森林密布，百草丰茂，谁知道却是一片干旱之态。"林县林县，辜负了这个好名字啊。"他心里念叨着。他拒绝了地方官的迎接，只提出来，想好好洗个澡，解解旅途乏困。谁知这个小小的要求却难以满足。他十分纳闷。第二天开

---

① 《林县志》，林县志编纂委员会编，河南人民出版社，1989 年 5 月第 1 版，第 235~238 页。

始，他轻装简从，跑遍了县城附近的几个山头，微服私访。几天私访下来，他发现，当地人惜水如命，一碗水反复使用，都不舍得倒掉。百姓太苦了。他不禁暗暗发誓，要为这里的百姓修条渠，解黎民于倒悬。

元至元五年（1268 年），在李汉卿主持下，林县动工修建天平渠。它从太行山深处引来泉水，沿着弯弯的渠道，一直向东，蜿蜒 20 余里，流到林县县城。这条渠，花了 3 年时间才修成。通水后，沿途百姓吃水、县城人的用水问题基本上解决了。

比天平渠更加著名、对后世影响更大的引水工程是明朝修建的谢公渠。工程的主持者名叫谢思聪。

谢思聪，祖籍河北，举人出身，万历二十年（1592 年）来林县任知县。上任不久，他就发现，林县最大的问题是水的问题。

为官者不急百姓所急，岂非尸位素餐？谢思聪决意为一方百姓造福。

他带头捐出自己的俸禄，筹集资金，把县城南关的储水池修葺一新，又新开大池，引来山泉。工程结束，百姓欣喜若狂，日日来此打水者络绎不绝。此情此景，令谢思聪非常欣慰，他将新池命名为"阜民池"。

修完了阜民池，谢思聪仍然没有收手。他深知，阜民池只是解决了县城部分百姓的吃水问题，在林县的乡下，有更多的百姓、更多的土地等着他来做更多的事。经过一番调查研究，他组织人力，从林县西侧洪谷山（也就是画家荆浩隐居的那座山）引水，修建洪山渠。修好后，总长4.5公里的洪山渠，解决了沿渠40多个村庄人畜饮水、庄稼用水问题。百姓感念其恩德，弃洪山渠之名不用，改称"谢公渠"。

值得一提的是，谢思聪在林县做官，只有4年时间。4年内，除了修渠，他还主持编撰了第一部《林县志》。

林县人一直没有忘记谢思聪。谢公修渠近200年后的清乾隆五十年（1785年），林县人集资建起了专门祭祀谢思聪的"谢公祠"。祠内的谢公塑像，神态慈祥，风骨清高。直到今天，守祠人每天在吃饭时，一定要先供奉谢公后才肯自己进餐。

世事沧桑，谢思聪的身影已经湮灭于历史的尘沙里。今天的人们，很难从古代的典籍里查阅到谢思聪的生平与著作。但是，几百年过去，谢公渠依然蜿蜒在林县的大地上，无言地诉说着谢公的功绩。依然流淌着的渠水，滋润着林县的土地，也滋润着林县人的心灵。

谢思聪在林县的影响无与伦比。杨贵曾经说过："建红旗渠之初，我去看过谢公渠。在那样的社会制度和生产落后的情况下，谢县令还能办点造福人民的事，在社会主义制度的今天，我们共产党人更应该为民所想，为民所急，办更多更大的实事。"建红旗渠之初，杨贵还为谢公渠题写"功昭后世"几个大字。今天，当我们伸出手来抚摩这几个苍劲的大字时，依然能够感觉到历史的体温，能感觉到谢思聪和杨贵、红旗渠和谢公渠之间跨越几百年的精神联系。

即便是20世纪40年代最艰难的岁月，林县的土地上，修渠者的身影，也没有消失。

　　谢思聪像。直到今天,林县人还深深地怀念他。守谢公祠的人饭前
必先敬谢公,自己才肯进食(郭端飞摄)

那是 1943 年。 林县的大地上，正在遭受双重灾难。

日本人向太行革命根据地发起"扫荡"，林县人养的家禽被杀，家畜被抢，粮食被收，房子被扒，稍作反抗，就要付出生命的代价。

而此时，1942 年的大灾荒还在蔓延——林县的灾荒，正是河南大灾荒的一部分。 天连年大旱，许多河流、池塘见了底。 蝗虫像乌云一样起起落落。 飞起来的时候，它们遮天蔽日，发出令人心悸的声响。 落下来的时候，它们张开饥饿的大口，贪婪地啃噬庄稼，根本无视庄稼们已经奄奄一息。

"千村薜荔人遗矢，万户萧疏鬼唱歌。"毛泽东的这句诗写于新中国成立后，却也是 1942 年前后，对林县大地生动而贴切的写照。

正是这个时候，皮定均将军率领队伍来到这里。

他们最重要的任务，当然是抗日。 然而，林县的灾情，他们怎能坐视不管？ 面对饥饿的灾民，皮定均心情非常沉重。

为了帮助乡亲们渡过难关，皮定均下令，从战士们的口粮中拿出一部分来救济老百姓。 他还亲自带领战士们，到山上挖野菜、采树叶，然后再统一分发给灾民。

灾情十万火急，救灾如救火，但自己的队伍也只能帮乡亲们一时，长远地看，解决大家吃水的问题才是根本。

他和他的战友们决定，给当地修一条引水渠。

部队决定，采用以工代赈的方法。 部队拿出一部分粮食，上级拨来些钱，地主、富农拿出些小米，贫下中农到工地上干活。 工地上，支起了大锅，来参加修渠的乡亲，不仅可以喝上两碗小米稀饭，还可以往家里端一碗。 那真是：有人出人，有钱出钱，有粮出粮；一人修渠，兼顾全家。 既解决了饥民的生存问题，又为当地留下一项造福后世子孙的工程。

百战将星，俨然成了泥瓦匠。 皮定均亲自带领懂行的工匠测量引水的路线，甚至对施工中用什么石头、用什么样的砂浆、怎么勾缝也亲自过问。

半年之后，远处的河水引来了，水浇过的地，明显不一样，麦子亩产由以前的三十四斤增加到一百多斤。

这条渠，在今天的林州合涧镇，全长 3.5 公里，可以浇地800 亩。 当地人为了表达对皮定均和他的战友们的感激之情，为它取名"爱民渠"。

第三章 "组织起来"

人 世 转 换

时光来到 20 世纪 50 年代。

那正是"激情燃烧的岁月"。新生的共和国刚刚迈出崭新的步伐。几年来，山河依旧，人世转换，中国人的精神面貌焕然一新。普通中国人的心目中，压在头上的"三座大山"被搬掉，屈辱的岁月一去不返，幸福的生活就要到来了。

1953 年 6 月，中共中央政治局扩大会议确定了党在过渡时期的总路线，正式做出全面向社会主义过渡的最高决策。总路线明确指出：

从中华人民共和国成立，到社会主义改造基本完

成,这是一个过渡时期。党在这个过渡时期的总路线
和总任务,是在一个相当长的时期内,逐步实现国家的
社会主义工业化,并逐步实现国家对农业、对手工业和
对资本主义工商业的社会主义改造。①

所谓对农业的社会主义改造,基本政策是实行农业生产互
助合作。 实际上,1953 年 2 月,中共中央已经发出了关于农
业生产互助合作的决议,其关键词是"组织起来"。

也就是说,引导农民,让他们慢慢地不再独门独户地劳
动,几家人、一村人组织起来,土地拢到一起,农具聚到一
起,家畜伙在一起,一起出工,一起劳动,最后,一起享受收
获的成果。

中国的农户,几千年来像互不相干的原子一样生产与生活
着。 他们习惯于各干各的,地都是分开的,一小块一小块,
三五口人、一两头牛就可以应付完地里的活,用不着什么拖拉
机脱粒机。 耕牛曳引,木犁犁地,镰刀收割,人力拉车,说
实在的,这与古人的刀耕火种也差不了太多。

中央希望,中国的农业和农村能够有大的改变。

一重改变是,"克服小农经济的弱点"。

"树上的鸟儿成双对,绿水青山带笑颜。 从今不再受那奴
役苦,夫妻双双把家还。 你耕田来我织布,我挑水来你浇
园。 寒窑虽破能避风雨,夫妻恩爱苦也甜。 你我好比鸳鸯
鸟,比翼双飞在人间。"这是传统中国农民理想生活的写照。

---

① 转引自《中华人民共和国史》,靳德行主编,河南大学出版社,1993 年 12 月版,第
129 页。

20世纪50年代中国农村劳动场景（魏德忠摄）

悠然，自在，充满诗意和安静，但是，耕田的犁、挑水的担子、织布的机子，除了满足一家人的吃饭穿衣之外，还能有多大作为呢？

第二重改变是，改变人与人之间的关系。

组织起来，才能够有协调、有分工，让千百年来一成不变的农民职业产生一种"工种"的概念。从此，大家除了是"乡亲"外，还都是"组员""社员"，是一起干活的伙伴。组织起来，人多，能人也多，力量也更大，才能做更大的事。

决议还特别提出：

> 实行精耕细作，兴修水利，改良土壤，并在可能的地区把旱地变成水地，有计划地种植各种农作物，改良品种。[①]

林县是老区，1949 年之前就在革命根据地建立了生产变工队、劳动互助组和常年互助组。 1949 年年底，加入互助组的农户已占总农户的近 40%。 这个数字到 1951 年达到了 70%。而在 1956 年春天，由互助组升级而来的高级农业合作社，已经将林县 99.87%的农户囊括其中。[②]

农村互助合作政策的推行，互助合作社的成立，让林县的人力、物力和财力能够集中起来，为将来修建红旗渠提供了保证。 农村互助合作社的情形到了 20 世纪 80 年代因为社会环境的改变而有了新的改变，但在红旗渠修建的过程中，这样的劳动组织形式无疑产生了非常有力的作用。 可以想象，假如没有社会主义改造，假如林县人仍然习惯于独门独户、单打独斗，天平渠、谢公渠当然可以再修上一条或数条，但浩大的红旗渠工程是不可能完成的。

---

① 《中国共产党中央委员会关于农业生产互助合作的决议》，1953 年 2 月 15 日。
② 《林县志》，林县志编纂委员会编，河南人民出版社，1989 年 5 月第 1 版，第 181～182页。

引漳入林：从历史到现实

正是在这个时候，一个叫杨贵的青年来到林县，担任县委书记。从此，林县成为杨贵的第二故乡，他的命运和林县紧密地联系在一起。而林县，也因为有了杨贵和红旗渠，千百年来的梦想慢慢变为现实。他们万众一心，团结起来，"重新安排河山"，让滚滚浊漳河的水流过来，流入城市，融进田野，也汇入了共和国的大历史。

杨贵，1928 年出生，河南卫辉市（原汲县）罗圈村人，来林县担任一把手时，刚刚 26 岁。别看他年轻，其实是个"老革命"了。

杨贵出身于贫民之家。少年时期，他就在家乡党组织的领导下，参加抗日和反对国民党政府的活动。当年，国民党汲县宪兵队曾多次下令捉拿他，均未得逞。1943 年，杨贵 15 岁。这个年龄，今天的少年刚刚开始高中学习生活，而杨贵已经入党了。他先后当过村党支部书记、县农民抗日救国会副主席，也当过区长、县委办公室主任。新中国成立后，杨贵先后成为汤阴县委宣传部部长、安阳地委办公室副主任。

结缘林县，杨贵是从担任安阳地委办公室副主任开始的。

1953 年秋天，本应是太行山区一年之中最美的时候。若是风调雨顺的年份，庄稼都长熟了，村庄里、田野里劳作的农人，脸上会充满了欣慰与喜悦。但是，这一个秋天，林县人愁眉不展。从夏天开始，林县就没有一场像样的雨。本来指望着 7 月份和 8 月份会下一场透雨，但老天偏不遂人愿。"秋粮眼看绝收，小麦又种不上，农民还有什么指望？"①

灾情迫切需要林县的领导班子能够带领林县人行动起来，应对大旱。 但就在此时，林县县委的主要领导同志却因病住院。 天不等人，庄稼不等人。 考虑到林县工作的实际状况，安阳地委决定，派杨贵带领工作组赴林县帮助工作。 ——战争年代，杨贵就是出了名的心细胆大有办法，现在，到林县，也许，他会有新的工作思路？

此时的林县，老百姓的生活依然很苦。 还没有一条像样的公路。 山路崎岖，烟尘飞扬，不少人家还住在简陋的石板房、茅草屋里，一家人只盖一床被子、只有一条裤子的现象屡见不鲜，全县 90 多万亩耕地，水浇地只有 1 万多亩，其他绝大多数耕地只能望天收，一遇大旱便大面积绝收。 林县人有几句顺口溜，概括得非常形象：山上不打粮，锅里没有饭。 水比油还贵，地旱人也旱……

此情此景，让杨贵的心情非常沉重。 工作组在林县待的时间不长。 所以他们就抓紧一切机会，帮助当地干部群众组织抗旱，想尽一切办法让更多的土地能够种上麦子。 年末，返回安阳复命时，工作组给地委领导交上了一份详细的报告。

人回到了安阳，林县的所见所闻，却时时萦绕在杨贵的脑海里。 他已经爱上了林县那些善良的老百姓，爱上了林县的一草一木。 如果能够为林县做更多的事，岂不是人生的一大幸事！

---

① 《巍巍山碑——红旗渠旗手杨贵传奇》，关劲潮著，河南人民出版社，2013 年 7 月第 1 版，第 160 页。

　　　　　　　　　　　　　　　　　　　　　　　　中国红旗渠

机会很快就来了。春节过后，地委再次派杨贵带领工作组到林县帮助工作；而几个月后，杨贵被任命为中共林县县委书记。他成了50万林县人中的一员，开始置身林县人之中考虑水的问题。

此时，一位叫李运宝的年轻人也在做着相同的思考。

李运宝是土生土长的林县人，1926年生于林县东北部深山区的井上村。井上村土薄石厚，干旱缺水。村名里有个"井"字，可见当地人对水的渴盼。1942年，林县大旱，李运宝随全家到山西逃荒，给人家当长工，1943年才回到家乡。

已经长大成人的李运宝，最重要的工作是抗旱引水。

1951年，他担任林县任村区副政委。这一年，春季大旱，李运宝和任村区政委宋玉山来到盘阳村蹲点，发动群众抗旱点种。在盘阳村，他受到了深深的刺激：一个40岁出头的瘸腿妇女，边哭边打一个十几岁的孩子。原来，这个妇女的丈夫已经去世，家里缺少劳力，让孩子用两个葫芦担点水，和她一起点棉花。孩子不小心摔了一跤，把水洒了个精光。孩子哭，她也哭，看到李运宝，她哭得更痛："政委呀，你看，这日子可咋过？"

李运宝的眼泪忍不住落下来。但是，他能有什么办法？他连自己的命运都不能抗拒。他9岁时，天大旱，正生病的父亲让他和哥哥到离村子5里远的山沟里去抬水。他和哥哥一起抬着一桶水到村边的时候，天空乌云翻滚，电闪雷鸣，一会儿雨点就开始落下来。兄弟俩觉得，要下雨了，可以随便到哪里打点水回家交差就行，于是把桶里的水倾倒一空，旋风一样赶回了家。可是，到家以后，左等右等，雨却没有再落下来。父亲看他们没打回来水，气得差点要了命……

李运宝和当地村干部一起商量引水的问题。大家觉得，事情得慢慢解决，一步一步来。

第一步，先解决桑耳庄村的问题。他们"苦干了一冬一春，挖了一条 7 里多长的深沟，在沟里用筒瓦一节一节地接起来，再埋上土石，终于把村西南 7 里外的黄崖泉水引进村里，还分片安了 6 个水龙头，解决了该村 300 多户人家吃水难的问题。"①

更重要的是第二步。1952 年 5 月，林县召开各界人民代表会议。李运宝和盘阳村的农民代表一起，提交了《引漳河入林县灌溉土地》的提案。

将近 50 年后，李运宝这样回忆当时的情形：

> 会议期间，我不仅把提案交给了大会提案委员会，还在一个晚上同成百福、卢庆祥一起去找杜清旺县长，汇报任村区干旱缺水的情况……说着说着，我们几个人都哭了。杜县长噙着泪水，握着我们几个人的手说："你们回去休息，我向上级请示。就是为此丢了这个'二斤半'，我也要为老百姓办办这件好事，否则还算什么父母官！"
>
> 6 月的一天下午，杜县长打电话给我，说有个好事，让我马上去县里一趟。我立即骑上自行车上路，傍晚

---

① 《修建红旗渠片段回忆》，李运宝著。见《河南文史资料》，总第 109 辑，第 58 页。

在县人委会办公室见到了杜县长。他一见我就说："你来看个东西!"我一看是个文件,前面写着"杜清旺阅",后面盖着平原省人民政府的大印,大印下面是省主席晁哲甫和副主席罗玉川、贾心斋三个人的签名,而且都盖着自己的印章。仔细一看,原来是杜县长将《引漳河入林县灌溉土地的请示》(以下简称《请示》)直接呈送政务院周总理,政务院将《请示》批转给平原省政府,省政府又批复给林县的文件。文件的大致意思有两点:一是说政务院和省政府准备帮助我们引漳入林;二是批评林县县政府将《请示》直呈政务院周总理违反了组织原则,应认真检查。①

当时,林县为平原省所辖。 平原省成立于 1949 年 8 月,1952 年 11 月撤销。 这个批复自然是无果而终。

我们可以从李运宝的回忆看出来,引漳河水入林县不是哪个人头脑发热,拍一下脑袋就拍出来的。 它是林县人世世代代的愿望。 新中国成立后,这个愿望更加强烈。 它也是一项艰巨的任务,即便是一县之长,想要推动它,也得冒着巨大的风险。 但是,林县人不愧是愚公的后代,他们继承了太行山人特有的坚毅和韧性,不达目的,誓不罢休。

需要说明的是,李运宝他们提出的方案中,主张引的虽然是浊漳河里的水,但引水点在林县境内,工程量小得多,后来的红旗渠却深入山西省境内 20 余公里。 两种方案并不完全一

---

① 《修建红旗渠片段回忆》,李运宝著。 见《河南文史资料》,总第 109 辑,第 59 页。

抗日渠大桥

抗日渠,1944年由林北抗日民主政府组织修建,不久即停工,直到1957年才复工。为纪念抗战时期的建渠业绩,竣工后取名为抗日渠(郭端飞摄)

样。

就任林县县委书记的杨贵,短时间里跑遍了整个林县。他要把林县的所有情况都了解清楚。

他对县委的领导同志说,打仗,要知己知彼;搞建设,也要知己知彼。和平年代的知己知彼,就是要知道群众的需求,摸准大自然的规律。

他走访了爱民渠。这是抗日战争时期开始修建的。手捧清澈的渠水,他陷入深深的思考。

他来到合涧镇小寨村,一字一句地读着这里的"荒年碑"碑文:

……回忆凶年，不觉心惨，同受灾苦，山西河南，唯我林邑可怜……人口无食，十室之邑存二三……食人肉而疗饥，死道路而尸皆无肉，揭榆皮以充腹，入庄村而树尽无皮，由冬而春，由春而夏，人之死者大约十分有七矣……

他来到庵子沟村，看到村支部书记带领全村群众种了几千棵树苗的山坡被大雨冲得光秃秃一片，难过得掉下了眼泪。

他和县委成员一起商量。他的同事们大多是土生土长的林县人，为水所害、为水所制，思水、盼水。大家的意见是一致的：宁可苦干，不能苦熬。引水不容易，但冒点风险也要干，还要干好，只有引来了水才不怕有人说三道四……

重新安排林县河山

今天，人们在讲述林县的故事时，常常会提到"重新安排林县河山"的说法。

那是 1957 年 12 月，中共林县第二届代表大会上，杨贵代表县委、县政府，作了《全党动手，全民动员，苦战五年，重新安排林县河山》的报告。它既对林县县委以往的经验进行了总结，又再次吹响了林县人民战天斗地的号角。它动员林县人，自力更生，艰苦奋斗，以更大的热情投入"安排林县河山"中。这是新中国成立后，林县人态度最为坚决、声音最为嘹亮的宣言。

　　几年来，林县人修水渠，建水库，打旱井，引山泉，水浇地面积增加了不少。

《林县小报》发表文章:《重新安排林县河山》

　　但还远远不够。　还需要更大的手笔描画更宏伟的蓝图。用杨贵那篇报告里的话说就是，"让水渠引水、筑库蓄水、劈山凿洞、埋设地下管道、引山泉、打旱井等水利工程遍地开花"……

　　人毕竟是历史中的人。　观念，毕竟是历史中产生的观念。　人类观念的花朵，更需要历史土壤的滋养，才能够生长，最终转化为丰硕的果实。 林县大手笔地规划出这样的蓝图，和杨贵对当时中国形势的判断，以及他亲身接受中央领导同志的鼓励是分不开的。

1957 年 11 月 1 日，中共中央农村工作部在北京召开山区生产座谈会。 这是新中国成立以来，中央第一次召开山区生产座谈会。 会议认为，向占我国大陆面积 80%的山区进军，全面发展山区生产，是我国发展农业生产的重要方向之一。

杨贵参加了会议。 他是经河南省推荐、作为工作成绩突出的山区县的代表参加的。 29 岁的杨贵，第一次参加这样的全国性会议。

轮到向大会汇报本地的建设情况了，年轻的杨贵环视会场，内心好一阵子才平静下来。

按照事先准备好的提纲，他滔滔不绝地讲起来。 到林县 3 年了，他已经把林县的角角落落都察看了一遍。 他相信自己对林县的了解是全面的。

他从林县的地理位置、自然环境谈起，谈到了林县交通不便、闭塞落后的历史，谈到这里水土流失如何严重，林县人特有的地方病如何给人们的健康带来损害。

自然，他更多地谈到林县人如何缺水，如何惜水如命，如何因为一担水而导致一个年轻的生命消失。

他讲得富有感染力。 动情处，他哽咽了。 与会代表也不能不深深为之动容。

中央农村工作部部长邓子恢大声说：杨贵同志，你放开讲，不要受时间限制。

杨贵又讲了林县人是怎么治理山地水土流失、怎么修渠的。 很多内容，都是他亲力亲为，他胸有成竹，了然于心，讲得游刃有余……

邓子恢对杨贵的发言评价很高。 他说，林县抓缺水这个主要矛盾抓得好。 他还风趣地说，山区有了水，姑娘都往山上去了，没有水，都往山下跑了。 解决了水、交通、山区病的问题，就抓住了山区建设的关键。

几天之后，朱德副主席莅临会场，向大会作了《必须重视和加强山区建设》的报告。 他说，山区面积大，战争年代做出过重大贡献，要开发建设好。 许多同志不重视山区工作，他们不懂得，如果不把山区的富源开发出来，中国的社会主义建设是有困难的；山区应该从自给自足的经济发展成为全国统一经济的一部分，同全国经济相交流。

朱德副主席的讲话，不是泛泛而谈。 此前一年，他先后考察了湖北、广西等地，调查了很多山区。 他洋洋 6000 余字的讲话，在今天看来，仍然具有重要的参考价值。 遗憾的是，由于此后政治形势风云突变，他描画的宏伟蓝图被长时间地搁置。

亲临会场，聆听共和国副主席的讲话，杨贵深受启发，也深受鼓舞。 国家要发展，社会要进步，需要每个地区、每个劳动者勠力同心、分担艰难。 自己作为山区县的年轻代表，要做的事还多得很呢。

会议简报送到总理办公室，周恩来总理看到了，专门派国务院办公厅的同志到会议上去访问杨贵，让杨贵进一步介绍情况。

这是周恩来总理第一次了解林县情况，也是杨贵第一次和周总理产生联系。周总理最终没能到林县去亲自看一眼红旗渠，但是，此后 20 余年，他始终在关注着林县，关注着一个叫杨贵的年轻干部。

20 世纪五六十年代，为什么全国各地，包括林县在内，能快速上马那么多水利工程项目？我们可以在著名的汉学著作《剑桥中华人民共和国史》里读到这样一段描述：

> 一项空前的雄心勃勃的水利工程计划于 1957—1958 年的冬季在农村动工。这项工程反映出 12 年农业发展纲要恢复了活力，这个纲要越来越强调几乎可以不要国家协助或提供资金而由集体单位在本地进行的小规模工程……到 1958 年 1 月为止，一亿农民紧张的工作已成功地为 780 万公顷土地提供了灌溉设施。到这一年年末，据称已增加到 3200 万公顷，比 1957 年 9 月国务院和中共中央联合下达指示时指标所规定的面积多十多倍。[1]

所谓"十二年农业发展纲要"[2]，是中共中央当时制定的农业发展的纲领性文件，完整地体现了最高领导层对农业发展的思考——带领人民实现了对中国翻天覆地改造的毛泽东，自信满满，要借新民主主义革命胜利之势，迅速掀起一场改天换

---

[1] 《剑桥中华人民共和国史》，［美］R.麦克法考尔、费正清编，中国社会科学出版社，2007 年 6 月版，第 333~334 页。

[2] 《一九五六年到一九六七年全国农业发展纲要》，1957 年 10 月 25 日。

地的农业革命。 此时，中国的土地上，恐怕没有多少人认为这是不可能的：貌似强大无比的国民党、日本人都被掀翻了、赶走了，动员起来的中国人民再接再厉，多修些水渠，多打点粮食，能算得了什么？

纲要里有个规划：从 1956 年开始，12 年里，粮食每亩平均产量，北方要从 150 斤增加到 400 斤；南方 208 斤的地区要增加到 500 斤，400 斤的地区要增加到 800 斤。

今天看来，纲要追求的产量当然不算什么。 但当年，缺水、缺粮、缺肥料的北方，想要实现，委实很难。 所以，这份 1955 年年初开始酝酿，次年 1 月下发全国各地反复讨论，1957 年 10 月才获得通过的纲要为人们指出了增产的办法。 办法之一就是兴修水利。 它要求各地在 12 年内，"基本上消灭普通的水灾和旱灾；把水田和水浇地的面积，由 1955 年的 3 亿 9 千多万亩扩大到 9 亿亩左右"。

所谓"一项空前的雄心勃勃的水利工程"，就是在这种背景下启动的。 在纲要的指导下，中共中央、国务院发布了《关于今冬明春大规模地开展兴修农田水利和积肥运动的决定》。 它直接引发了 1957 年冬、1958 年春的农田水利建设高潮，全国范围内，将近 1 亿人参加了兴修农田水利工程的工作。

林县人"重新安排林县河山"的口号，就是此时提出来的。

林县人不仅响亮地提出了口号，而且迅速地开始行动，先后修建了英雄渠、要子街水库、弓上水库、南谷洞水库。这些水利设施是林县人修建红旗渠的演练。 红旗渠建成之后，它们有的单独起作用，有的和红旗渠连在一起，调水、补水，成为后者的配套工程。直到今天，它们还在发挥着非常重要的功能。

毛泽东主席给了"定心丸"

1958 年 5 月 5 日至 23 日，中共八大二次会议在北京召开。作为年轻的列席代表，杨贵到北京出席了会议。

此时，正是共和国诞生的第 10 个年头儿。新时代，新气象，让中国人充满了新的精气神儿。社会主义建设的大旗，在中国的每一个工地上飞舞。长城内外，大河上下，一派繁忙的景象。乐观的中国人，似乎已经看到了共产主义社会越来越近的身影。

这是一次重要和漫长的会议。议程很多，要讨论的问题很多。毛泽东主席在会议上做了多次讲话。

会议通过了"鼓足干劲、力争上游、多快好省地建设社会主义"的总路线，提出，中国当前的主要矛盾是无产阶级同资产阶级的矛盾、社会主义道路和资本主义道路的矛盾；中国正处在"1 天等于 20 年"的伟大时刻，要"破除迷信、解放思想"，"插红旗、拔白旗"，科学技术要争取 7 年赶上英国、15 年赶上美国。

作为列席代表，杨贵自然少有发言的机会。他也尽量多听少说，甚至尽量不说。

与此同时，他也不能不考虑林县的事，不能不把修渠、引水的事放到国家建设的大背景下来筹划。他的会议记录本上，有毛泽东主席的一段讲话："每省都有几个农业社增产了，增产很多，为什么你不增产呢？你不去搞好经营管理，不去做艰苦的工作，浮而不深，粗而不细，华而不实，这怎么会把工作搞好呢？我们搞合作社，搞水利建设，深翻土地，水、土、肥、密植、科学种田都要搞。我们搞，就有人喊叫苦啊，苦啊！有这个艰苦才能换来幸福。喊叫苦的人你们可以分析一下，是什么人才喊叫的？观察问题就看你站的什么立场，立场错了，看问题就不会正确。"①

在"总路线""大跃进"等"共产风"强烈刮起来的时候，年轻的杨贵很难估计到总路线给共和国以后的建设历程带来的负面影响，但他会借势。国家鼓励每一个地区都能把工作面铺开，无论是平原还是山地，南方还是北方，多谋事，多干事，把该做的事情做好，是一个基层领导干部的不二选择。搞建设，就是一个和天地对话的过程，在大自然面前，人是显然的弱势。放手一搏还不一定能有多大的成效，如果缩手缩脚、喊苦叫累，能干成什么事呢？

八大二次会议对中国形势的判断，对中国社会的走向产生了深刻影响。

就在会议期间，中共中央通知，免去潘复生河南省委第一书记的职务，任命吴芝圃为河南省委第一书记。

会议结束后不到 10 天，河南省委发出通知，号召全体党员认真学习中共八大二次会议精神，迅速在全省掀起"大跃

---

① 参见《巍巍山碑——红旗渠旗手杨贵传奇》，关劲潮著，河南人民出版社，2013 年 7 月第 1 版，第 228 页。

进"的高潮。

一个月后，河南省委召开一届九次会议，集中"揭发"省委原第一书记潘复生、省委书记处书记杨珏、省委副秘书长王庭栋的所谓"右倾机会主义错误"，提出了《关于彻底揭发批判以潘复生为首的反党集团的决议》。

夏秋之交，新乡地委、专署召开下辖各县县委书记会议，确定粮食征购任务。此时，安阳地区已经撤销，豫北 24 个县市合并为一个地区，专署设在新乡。①

河南是产粮大省，而小麦又是河南的主粮。每年麦收过后，河南从省里到地区都要召开一次夏粮会议，确定全年的粮食征购任务。

来开会之前，杨贵已经让县里的同事们对林县的粮食产量反反复复算了很多次。一亩地打多少粮食，他清清楚楚。

会议开始，主持会议的领导让各县汇报小麦产量。

大家你看看我，我看看你，谁也不肯先开口。

谁都知道现在的形势。正在反右倾，反"反冒进"，一言不慎，也许就会招致灭顶之灾。

最后，是年轻的杨贵第一个汇报：林县小麦亩产 114 斤。

全场一片沉默。接下来是一片低语。

好一会儿，主持会议的领导才又开始发话：

"怎么这么低？你们怎么干的工作？是不是瞒产了？就是躺着不干，产量也不会这么低。"

---

① 1961 年 12 月，安阳地区建制恢复，林县仍为安阳地区所辖。

杨贵说:"没有瞒产。 我们认真算了,就是这么多。"

"你说的是干麦子还是湿麦子?"

杨贵说:"是干麦子。"

"干麦子和湿麦子相差一成左右的重量。 报产量,得加上水分。"

杨贵低下了头。 他掐着指头算了算,有点底气不足:"加上水分,林县小麦亩产应该是 125 斤……"

"你们林县是怎么做工作的? 天天都在睡觉吗? "领导很不高兴。

其他书记一看这阵势,纷纷开始多报小麦产量,领导脸上好看了。

受到了批评,杨贵觉得心情很不好。 但是他觉得坦然,他问心无愧。 人生就是这样,真实、坦然,哪怕在深夜扪心自问的时候也不会觉得有愧于心。

会议结束,来会上报道会议情况的新华社记者方徨追上了杨贵,问他:"你真大胆,不怕戴右倾保守分子的帽子吗?"

杨贵说:"方徨啊,我不能说瞎话呀! 林县是山区穷县,解放前能有百十斤产量就不错了,现在生产条件有改善,可是放'卫星'的产量不敢吹呀。 我要是报多了,完不成征购任务,既对不起国家,也对不起老百姓。 我要对老百姓负责任啊!"

关于这次会议,杨贵后来回忆说,那些上报产量高的县,一时面子上好看,可等到上级收征购粮的时候都傻了眼,报亩产一千,征购五百;报亩产八百,征购四百,搞得集体、农户都没了粮食。当困难的时候到来，后果就很严重了。而林县由于坚持实事求是来报，被征购的粮食就少得多，得以悄悄攒下几千万斤粮食，给后来修建红旗渠提供了强大的支持。

两下里对比，天壤之别。

很多年后，回忆起当时的情景，方徨用"肃然起敬"几个字来描述自己当时的感觉。方徨认为，之后第二年河南发生"信阳事件"，就是因为浮夸风造成的说假话高估产，征购了过头粮，侵占了农民的利益才造成半年间出现大量饿死人的恶性悲剧，这个教训实在太惨痛了。三年困难时期，红旗渠工程开始上马，方徨多次去林县采访，没有听说过他们那里有饿死人的事。1961 年他们还从多年积蓄的库存粮中调出 1000 万斤支援灾区。① 这当然是后话了。

那个年代，一个年轻的县委书记，能出席全国性的会议，说明林县的工作和杨贵本人得到了充分认可。而当时，能够见到毛泽东主席，被认为是人生中最大的荣誉。1958 年 11月，杨贵就获得了他人生中的这个荣誉。

当时，杨贵在新乡参加地委召开的县委书记会议。晚饭后，地区的同志急急忙忙地找到他说，毛主席来新乡了，已经到达新乡火车站，要和地委、县委的同志谈谈。

原来，毛泽东来河南主持召开郑州会议。路过新乡时，做了短暂的停留。

在地委书记耿起昌的带领下，杨贵和其他几位县委书记一

---

① 参见《我们在"文革"中掩护林县县委书记》，方徨著，《炎黄春秋》，2005 年第 6期。

起，依次踏上了专列。

负责接待的河南省委书记处书记史向生早已在列车上。他把几位官员一一介绍给毛泽东。

毛泽东同大家一一握手。 入座后，他环视一周，对大家说：今天把各位父母官请来，想听听你们那里人民公社和"大跃进"的情况，大家有什么说什么，随便谈。

座谈会由毛泽东点名，大家一个一个发言。

轮到杨贵了，毛泽东说：林县杨贵，我知道你。 听说你治水很有一套嘛。

杨贵说，主席，我做得还很不够。 仅仅搞了几个小渠，林县目前还有很多人吃不上水。

此时的毛泽东，最关心的是"总路线"在农村各地推行的问题。 所以他提问的重点就在人民公社和"大跃进"上。 他问杨贵林县大炼钢铁的情况，问林县那么多人炼钢铁，吃饭、看病的问题怎么解决，问林县老百姓的用水问题、粮食问题。

面对毛泽东的提问，杨贵心情非常复杂。 怎么回答这些提问呢？ 据实相告，毛泽东会不会"龙颜大怒"呢？ 只报喜不报忧，且不说犯了"欺君大罪"，主要是自己也不允许自己不说实话。

犹豫了一下，他决定实话实说。

杨贵说，林县有 60 多万人，地委让上 15 万人炼钢铁，其实只上了 5 万人。 没房子，都住在野地里。 这年的棉花开得不错，可炼铁的人到棉花地里解手，不少人拿棉花擦屁股。一些地方水渠修得不错，庄稼穗多粒饱，可精壮劳力炼铁的炼铁，砍树的砍树，投入收庄稼的人自然就少了，不少庄稼就坏在地里。炼铁，产量不高，还都是些硫铁和生锅铁，派不上啥用场……

说完，他忐忑地看着毛泽东。

毛泽东的反应完全不像杨贵想象的那么激烈。他说，讲真话，有理走遍天下；讲假话，无理寸步难行。他表扬杨贵，一手抓钢，一手抓水，刚柔相济。他还说，现在，生产力不发达，物质还不丰富，对于社会产品只能实行等价交换，不允许无偿占有别人的劳动成果，要纠正平均主义倾向。要清理"共产风"平调来的农民的东西，能退还的还是要退还给农民。他特别提醒大家，水利是农业的命脉，要把农业搞上去，必须大办水利。

听着毛泽东的话，杨贵心里有底了。

几年来，林县人所做的，受到了一些非议，但只要坚持听群众的意见，急群众所急，想群众所想，做群众希望做的事，就会得到群众的支持。那些非议又能算得了什么？

林县的党员干部、父老乡亲们，行动起来吧。重新安排林县河山的目标，要坚定不移。

2014 年 1 月 21 日，北京医院的病房里，86 岁的杨贵坐在我对面，神态安详。他向我讲述着"引漳入林"工程决策过程中的种种细节。他的听力不太好，不过，他脸色红润，中气充沛，声音洪亮，语言表述干净利落。动情处，不由自主地提高了语调。

我问他和毛泽东见面的时候有没有想过搞引漳入林工程，修建红旗渠。

北京某医院病房,杨贵(左)和作者在一起(郭端飞摄)

　　他说,其实,之前已经在考虑,但没有动手搞,不能先把话说出去,万一有个什么变化不好。

　　我问他这次见面对工程有什么作用。

　　他说,毛泽东主席给林县人吃了一个定心丸……

第四章　一波三折

问　　水

实际上，1958 年的杨贵，内心是比较踏实的。 林县的几个大工程，此时修得都差不多了。 不出意外的话，整个林县浇地吃水的问题应该都能解决。

但是天不遂人愿，1959 年春天，林县又遭遇了旱魔的严峻考验。 河里没水，水库见底，水塘干涸，已建成的渠道没水可引，已修成的水库没水可蓄，浇地没水，连吃水都成了问题。 辛辛苦苦好几年，"一夜回到解放前"，那些缺水村庄的人们，又开始翻山越岭跑远路担水吃了。

没有水源，再多的渠道、水库也派不上用场。 想靠老天降雨来存水？ 那是靠不住的。

上天，就这样捆住了林县人的手脚。

林县该找的水源都找了，能用的都用过了，根本不可能还有可利用的水源。

事实证明，局限在本县，林县的用水问题根本解决不了，必须跳出林县来看问题。

就这样，一个大胆的想法在杨贵心里诞生了：到外县找水。

这个念头看起来一点也不符合实际：外县有合适的水源吗？ 即便有，水是人的生命之源，到境外引水，人家能同意吗？ 历史上，别说相邻两省、两县，就连鸡犬之声相闻的两个村庄，都可能因为用水问题发生械斗，最终老死不相往来。 抛开这个因素不说，林县到处是大大小小的山岭沟壑，即便有水，怎么样才能把水引过来？ 林县有多少人？ 林县有多少钱？ 林县有什么技术手段？ 林县有什么样的工程机械能开山引水——愚公移山、精卫填海，其难度也不过如此吧？

当然是这样。 但水是林县人的命。 既然无可选择地出生在这里，既然选择了生活在这里，就必须面对它。 与其眼巴巴地看着天空等待恩赐，不如挺身而出，投身到改变命运的劳动里。

三个调查组成立了：

第一组，县委书记杨贵、县委书记处书记周绍先率领；

第二组，县长李贵率领；

第三组，县委书记处书记李运宝率领。

三个调查组分别到毗邻的山西省平顺、陵川和壶关县进行调查。 这三个县分布在林县的西部和北部，比林县海拔高，境内都有水源。

　　出发之前，小组成员们还一起照了合影。 从保存下来的照片看来，30 余人的队伍，1/3 是中年人，2/3 是青年。 他们或坐或站，脸色平静而坚毅。 身后低矮的房子，无声地诉说着物质匮乏年代生活条件的简陋。

找水的三个小组动身前合影

　　他们是步行去的。 6 月里，依旧没有大的降雨，但是山上的草木还是顽强地透露出大片的绿色，绿色之后是褚红色的太行山，陡峻、峭拔，正如山里穿行的这些人，向着天空展示出永恒的生命力。

　　不同的路线，同样的目标。 他们走小道，攀绝壁，风餐露宿，渴了，喝几口山泉，饿了，啃一点干粮。有时候住在山洞里，有时候就露天躺下——此情此景，正是8个月之后红旗渠工地上民工们的生活，找水的三个小组提前感受了——他们一抬头，天上的星星亮得耀眼。

杨贵他们的小组沿着浊漳河走。河口村过去后，就进入山西平顺县了，前面是马塔、王家庄、石城，再往前是辛安、耽车。起初，是干涸的河道，几乎不见流水。慢慢地开始见到水了，开始听到远处的流水声。这说明，越往前走，漳河水的流量越来越大。

调查工作是悄悄进行的，要避开当地人，就像地下工作一样。他们也不好直接说就是来为林县找水源的，只能说是来看看。每到一地，他们拜访当地的干部和老人，请他们介绍当地的气候怎么样，什么时候雨量大，哪个季节有多少水，有没有干旱和河床露底的时候。

让他们惊喜的是，水量挺大。毕竟是曾给西门豹治下的邺城带来巨大灾难的漳河水，名不虚传。不时听见峡谷里哗哗的水声，走近一看，浪头一个接着一个。这样的地方，还真有几处。

他们得知，发源于山西境内的浊漳河，上游有三条支流，中间又多有地下水、山泉补水，一年四季水源充足，即便在枯水季节，流量也在10个①左右，雨季，水量就更大了。

今天，我们可以想象出来杨贵、周绍先一行的激动。从林县那干涸的河道到浊浪滔滔的浊漳河岸边，他们似乎是从一

---

① 1个流量指1秒钟内通过断面的水量为1立方米（1吨）。

个世界来到另一个世界。 水流澎湃，水声震动峡谷。 这是上天给予的恩赐。 相比之下，林县人是不幸的，用水方面，他们是"赤贫"，是"第三世界"。 但林县人也还算是幸运吧，虽然本县境内无水可用，毕竟，不算太远的远处，还有大河在流着呢。

只是，如果林县人依然窝在本县的山坳里苦苦受煎熬，不出来找水，水又在哪里？

林县人和红旗渠的命运，就在此刻决定了。 此后几十年来，林县的历史都和这一刻联系着。 这一刻，也必将永远地影响林县的历史。

回到林县的那天晚上，年轻的杨贵兴奋不已。 他摊开地图，手握一支红笔，一遍又一遍地画着引水线路。 他把几个可重点考虑的引水点一一标记出来，又从这些地点开始，往林县境内勾画。 他下定了决心，忍不住写下以下的文字：

三河流水汇浊漳，
源头高于天桥上。
昔日漳河沿旁过，
隆虑①大地闹灾荒。
神州今朝日月变，
定教漳河来我乡。
林县山川抿嘴笑，

——————————

① 隆虑是林县的古称。

穷村有水变富乡。

山清水秀身体好,

风吹大地五谷香。

青羊里①人多隆虑,

谁不抱腹喜故乡。

　　李贵、李运宝他们的小组已经先回来了。 大家到一起开
会,聊他们一路上的所见所闻。 那两个小组赴陵川、壶关,
考察的是淇河、淅河,都是季节性河流,水源不稳定,引水没
有可能。 会议成了杨贵这一组的汇报会。 他们把调查所得的
浊漳河的水文资料、数据一一介绍后,郑重提出:可以考虑从
浊漳河引水过来。

　　杨贵的提议并未得到大家的"一致同意"而获"鼓掌通
过"。 毕竟,林县连续几年修渠修水库,县里财政吃紧,民工
们出了很多工,干得很累。 要是再上一个前所未有的"巨无
霸"工程,谁知道是什么样的后果?

　　几个尖锐的问题提了出来:

　　没钱办不成事。

　　国家能给几个钱?

　　林县有多大的荷叶,能包这么大的粽子?

　　问题提得当然有道理。 1959 年的中国,正处于艰难中。
前两年不顾社会实际的"大跃进"运动,给国人带来了生产与
生活的双重困难。 举国上下,急躁冒进,粮食短缺,财政困

---

① 青羊里指山西省平顺县。

难，正是此后三年困难时期的前奏。 河南的困难比全国很多地方都严重，省里、地区里很难有余力帮助林县。

杨贵并不急着下结论。 他在等待。

他等着更多的意见提出来。

他还要等着水利技术人员再勘察一遍。

他还要让自己的激情冷静一下。

他还要等着向地委、省委汇报，争取上级的支持。

10月10日夜，林县县委会议室里的灯光彻夜没有熄灭。杨贵主持召开县委全体（扩大）会议，对引漳入林工程进行研究。

杨贵来到一幅林县地图前。 这幅地图，他不知道看了多少个夜晚，不知道他心目中已经把引漳入林的线路画了多少遍。 他挥着手，手掌滑过那几个重点的地点：辛安、耽车、侯壁断、坟头岭……他对大家说：

"要彻底改变林县干旱缺水的面貌，我看有三条：一是把天上的水蓄起来，二是把地下的水挖出来，三是把外边的水引进来。 这三条咱做了两条，但很不够，第三条从外地引水还没有开始，要在这一条上下功夫。 现在我们需要打出去，去山西境内把漳河水引过来。"①

县委书记的话，震撼着每一个与会人员的心。 沉默、窃窃私语、众声喧哗……会场里的气氛渐渐热烈起来。

待会场里安静下来，杨贵接着说：

"等、靠、要的思想万万要不得。 搞引漳入林，为的是改

---

① 《修建红旗渠片段回忆》，李运宝著，见《河南文史资料》，总第109辑，第63~64页。

变林县面貌，使群众不再受缺水之苦；引漳入林，符合林县人民的基本要求，一定会得到广大人民群众的拥护；充分依靠群众的力量，就没有克服不了的困难，就一定会把漳河水引到林县来……"

杨贵（中间站立者）主持县委常委会议，研究修建红旗渠的工作

县长李贵表态了。

县委书记处书记李运宝表态了。

县委书记处书记周绍先表态了。

最终结果，县委班子 14 名成员中，绝大多数都同意。他们十几位"县官"，大都吃过没水的苦头，希望能早日把漳河水引过来；他们也大多是从艰难的生活中走来，习惯了在艰难

中求胜，从绝境中突围。

即便如此，年轻的杨贵还是不慌着做决定。他安排大家会后再到公社里、村子里跑跑，多和群众见面，给大家讲讲修渠的事儿，让他们弄清楚引漳入林到底是怎么一回事儿，也征求他们的意见，争取把动员工作做扎实，另外，让水利工程技术人员再把线路测量一下，保证技术上不出问题。

1959 年 11 月 6 日，林县县委向地委、省委呈报了《关于引漳入林工程施工的请示报告》。报告说：

> 林县引漳入林工程是一项灌溉、发电、航运、工业用水的综合开发工程，自山西省平顺县耽车村起，流经林县，退入安阳河。引水干渠渠首至林县坟头岭，全长141.3 公里……请示上级在经济、物资（钢材等）和技术上给予大力支持，并打算批准后，抽 5 万个劳力，大干130 天即可完成，请批复。

报告送出去了，杨贵并没有干等着。他又把大家召集到一起，让技术人员介绍线路测量的情况，然后一起商量施工方案。几次比较，大家觉得，请示报告里提出把耽车村作为引水点，不如改成辛安村。这里虽说离林县稍微远点，但海拔高些，渠道修成后林县有更多的地方能用水。大家甚至还畅想着，水引来后，相当于林县有一条纵贯南北的大运河，把几个大水库连起来，还能走船、搞航运，林县就彻底成为鱼米之乡了。

12 月 23 日，地区水利建设指挥部做出了回复：

关于你县计划兴修引漳入林工程，经研究同意你县兴建，并根据你县财力、物力、人力分期进行，如力量不足，确有困难，不好克服，应量力而行。希将你们的打算，速告我们为荷。

批复的效率还是挺高的，速度很快。可认真读一读批复，我们会发现，地区批准得其实有点勉强。

"根据你县财力、物力、人力""量力而行"，说明地委已经亮明了态度：工程要动工，得看林县的实力，林县要自力更生，地区不可能给予实质性的帮助。

"分期进行""量力而行"是一种建议，也透露出地委的担心：工程太大了，想一口吃掉，很难。即便开工，也得筹划好进度，一步一步来。

"希将你们的打算，速告我们"体现出地委对工程的关注。如此大的工程，其影响，必将超出一个县甚至一个地区的范围。工程进度如何，工程质量怎么样，它给林县群众造成什么样的影响，不能不关注。

不管怎样，批复了就是好消息，它意味着离开工又接近了一步。杨贵本来也没想得到来自上级多大的帮助。那个年代，"自力更生、艰苦奋斗"可不光是挂在嘴边的一句话，它根本就是行动的指南。更何况，杨贵心里有底。他"手里有粮，心里不慌"。他有两种只有很少人知道——连上级领导都不了解的——"秘密武器"：林县有 3000 万斤粮食，是几年来积累下来的。别的地方在"放卫星"时，林县没有放，所以被征购的粮食相对要少一些，积攒下不少粮食。 还有 300 万元钱，是国家拨付给林县，用于弥补"大跃进"时的"一平二调"①。 不过，动用退赔款，后来引发了一场轩然大波。 这当然是后话了。

借　水

此时，一个关键的问题还没解决：平顺县能同意他们引水吗？

数九寒天，山风凛冽，林县派出的"联络员"王才书等人穿过莽莽苍苍的太行山，奔波于林县和平顺之间，商量"借水"的问题。

但是，林县人的努力没有成功。 山西方面不同意"借水"。

不难理解。 水的问题向来是人们关注的焦点。 人类历史上，因为争水，村庄与村庄、部族与部族，甚至国家与国家之间都发生过数不清的纠葛，争吵是最轻微的，有的时候是械斗，有的时候甚至是战争。 比如，持续到今天的阿以冲突，一个焦点问题就是水资源的争夺。 围绕着对约旦河的控制权，以色列与约旦、黎巴嫩在边界地区展开了年复一年的拉锯战。 1967 年，以色列曾因担心叙利亚和约旦切断以色列水

---

① "一平二调"是指当年人民公社内部所实行的平均主义的供给制、食堂制（一平），对生产队的劳力、财物无偿调拨（二调）。 20 世纪 50 年代末，中央对此行为进行纠正，对各地进行了退赔。

源，武力控制戈兰高地和约旦河，同时占领这些河流发源地的大部分。

林县与平顺的问题当然远远不能与之相提并论，但道理是相通的：只要不发生洪涝灾害，对于水，哪里都不嫌其多，唯恐其少。

不达目的不罢休的杨贵动起了脑筋：我们自己协商不行，试试走"高层路线"怎么样。

1960 年 1 月 16 日，林县人民委员会给地委、省委打了一份请示报告，请求地委、省委帮助林县与山西方面商量解决水源问题：

> 我们计划自山西省平顺县辛安村引水，沿太行山二层崭，入我县境内坟头岭，干渠全长 141.3 公里，下分 3 条支渠，并计划组织 3 万劳力，很快动工。因这一工程关系到山西友邻省及友邻县，我们曾派人到山西省关于引水点的问题进行了协商，但协商未得出结果。
>
> 我们的意见，从山西省平顺县辛安村开渠引水。意见是否妥当，还请领导指示，并请帮助我们与山西省协商，以便在取得山西省同意后，我们好马上动工。我县群众在精神上和物质上已做好了充分准备，水利建设大军，都在待命出发，开往引漳入林工地，力争在 1960 年汛期前完成，我们有信心、有决心和山西友邻省、县携起手来，彻底驯服漳河，使它更大地造福于人们。

能不能成功，杨贵并没有把握。但其实，林县人和山西很有渊源。

山西省委第一书记陶鲁笳战争年代曾担任过设在林县的太行第五地委的书记。他了解也亲身体验过林县人的缺水之苦。

平顺县有个李顺达，本是林县合涧镇人，少年时随父母逃荒到了平顺县太行山深处的西沟村，后来成为闻名全国的劳模，多次受到毛泽东主席接见，还当选中共中央委员。李顺达在平顺县有很大的影响力，他说话还是很起作用的。

给省委的请示报告送出后，杨贵心里还是不踏实。他又给河南省委书记处书记史向生写了一封信，请他关注林县的事。

1月27日，史向生和河南省委秘书长戴苏理致函中共山西省委第一书记陶鲁笳和省委书记处书记王谦，请求山西省党政领导支持林县兴建引漳入林工程。

陶鲁笳、王谦同志：

河南省林县系山区，水源很缺，农业生产和群众生活用水都有很大困难，该县又没有较可靠的水源来解决这个问题。现在林县要求在平顺县辛安附近修建引漳河水入林县的渠道，这可以灌溉林县境内四五十万亩耕地，是林县人民生产、生活上的一件大好事。但是在辛安附近修建引水工程，就和平顺县修建电站发生矛盾。我们意见，平顺县最好在引水渠道上建站，以解决这个问题,请考虑确定。

　　现有林县王才书同志等前去向您汇报,具体情况,请接洽。

史向生　戴苏理

1月27日是农历大年三十。 负责和山西方面联络的王才书等人顾不了那么多,拿到两位省领导的信后,马上坐车直奔山西省会太原。 他们的春节,就在太原度过。

寒夜的温度

1960年春节注定会在林县几位领导心中留下永远难以磨灭的记忆。 引漳入林工程节骨眼儿上的这个假日,他们兴奋、忐忑又忙碌。 他们没有心情过节。 一过春节,杨贵就要到郑州参加全省五级干部会议。 他们得抓紧时间,争取把事情安排得周密些。

大年初一,李贵、李运宝、秦太生他们不约而同地来到杨贵家。 简短地问候之后,话题就集中到工程上。

对工程本身,大家都很乐观。 他们算了一笔账:总干渠全长10万多米,投入10万人力,每人1米,8米来宽、4米来高的渠,土方量并不算大。 吃点苦,赶点工,100天左右怎么也能完工吧。

——他们确实是太乐观了。 哪里知道,工程一开工,他们就陷入了持久战中。 仅总干渠就花了5年时间,而全部工程完工，花了将近 10 年——这还是因为山西方面不同意原有方案，引水点改成离林县近了 70 公里的侯壁断。 他们更难以预料的是，引漳入林工程彻底改变了他们几个乃至几十万林县人的命运。

1 月 31 日，正月初四，他们又带领县直机关、公社负责干部和林县修渠挖河的一些精兵强将百余人来到漳河岸边，面对滔滔漳河进行"引漳入林"现场动员。

此时，离工程动工还有 11 天，山西方面的具体意见，还要过几天才能知道。

可见，他们有多么迫不及待。

2 月 1 日，正月初五，远在太原的山西省委第一书记陶鲁笳召集王谦、刘开基等领导开会，研究林县"借水"的请求。来自林县的王才书等人也参加了他们的会议。 会议决定同意河南方面的请求，指示平顺县配合林县做好相应工作。

陶鲁笳，原籍江苏溧阳，1917 年生，新中国成立之前长期在北方参加中国共产党的活动。 1945 年，他担任中共太行第五地委书记兼军分区政委，当时住在林县。 新中国成立之后，他先后担任山西省委常委兼宣传部部长、省委书记、省委第一书记。 是他最早向毛泽东汇报了昔阳县大寨村和陈永贵的事迹，在毛泽东提倡"农业学大寨"运动中，起到了重要作用。 陶鲁笳 2011 年 5 月去世。

——但是陶鲁笳当时并不完全清楚林县要搞多大的工程。很多年后，杨贵和陶鲁笳都调到北京工作。 聊起红旗渠的事，陶鲁笳说：那时候，你们给我汇报，我还以为你们搞一个小渠，最多一个流量，谁知道你们修了这么大一条渠……

陶鲁笳对林县的支持，林县人非常感念。 直到今天，提起红旗渠，还有人说，以前（指革命战争年代），陶书记在林县吃过百家饭，算是半个林县人，没把林县人当外人。

2月6日，收到山西方面的回复时，杨贵正在郑州参加河南省五级干部会议。 这是一次会期很长的会议，从2月4日开始，一直到2月19日才结束。 会上，河南省委提出，全省各个县都要上马水利工程项目。 正在会上的杨贵，不可能不拿林县的情况来对应，不可能不立即行动起来。

杨贵在郑州遥控指挥太原的王才书：马上从太原回来，然后直奔平顺县，趁热打铁，赶快和平顺先商量着，夜长梦多，越快越好。

王才书到平顺，和当地领导见面。 他们最终认定的引水点是平顺县石城公社的侯壁断，在辛安村、耽车村的下游，因为山西方面要在辛安村附近修电站。

然后，杨贵和林县的县委书记处书记李运宝通了个电话。

李运宝告诉杨贵，他们在林县，已经把准备工作都做好了，等着杨贵回到林县就开工。

杨贵说不用等他回来，不知道那马拉松似的会议什么时候才结束。 他让李运宝马上做最后的准备。

两人商定，选个吉日，正月十五，元宵节正式开工。

按照北方农村的风俗，正月十六过完，春节才算正式过完。 虽然说这一年正是三年困难时期的开端，但中国人的习惯是，有钱没钱，年总是要过的。 所以，林县的县城和农村，人们晒太阳、串亲戚、闲聊天，一切都笼罩在一种安静、闲适的氛围里。

林县县委书记处书记李运宝的动员打破了这种氛围。 1960 年 2 月 11 日也从此成为林县历史的转折，人们在讲述林县，讲述红旗渠故事的时候，总会把这一天看作起点。

几天前的 2 月 7 日，远在郑州开会的杨贵在电话里提出要求：马上开始安排引漳入林工程，尽量早点动工。

年轻的老革命杨贵，经历过抗日战争、解放战争。 他明白兵贵神速的道理。 内心深处，他是个不喜欢拖拉的人，办事雷厉风行。

李运宝的大脑和身体开始高速运转起来。 他不停地召开会议、打电话、动员群众、考察渠线……

他要让林县也马上开始高速运转起来。

当天，他安排县委办公室和林县报编辑部连夜赶写《引漳入林动员令》。

第二天，他骑上自行车，赶到离县城 60 多公里的盘阳村，召集公社、县直各局先开了一个筹备会议。

第三天、第四天、第五天，他的任务繁重又具体。 他带领 30 多人，沿着规划好的渠线，一段一段重新测量，把总干渠分成段，安排给相应的施工单位。

李运宝不能不感到巨大的压力。 林县虽说已经修了那么多渠、那么多水库，可引漳入林工程是前无古人的。 一把手不在家，要协调这么多单位、安排这么多事，不花大力气是不行的。 他后来这样回忆划分渠段的情景：

　　　大家时而攀崖，时而回转山谷，翻山越涧，长途跋涉。按照事先的约定，我们一行沿渠线走，后勤人员赶着毛驴沿漳河岸向上送干粮。但因道路难行，送干粮者连人带驴跌到河里，干粮冻成了"冰疙瘩"，送干粮者穿上了"冰铠甲"。由于干粮未能及时送到，大家只好饿着肚子继续前进。

两天里，我们沿渠线划分施工地段，步行山路百余里。2月10日凌晨3点多钟，我们才艰难地到达了平顺县石城公社。听我说引漳入林工程要上10万人，早就在那里等候的中共平顺县委书记李林大吃一惊。他说："伙计呀，你疯了！我们平顺县一共才17万人哪！就是把全石城公社的民房都腾出来，也不够哇！"我说："知道，知道。腾几间算几间吧，其余的人住草庵、席棚、崖洞。"李林倒吸了一口气说："真的不要命了！"

下午到达任村公社牛岭山村时，我已经累得寸步难行。由于当晚必须赶回县城主持召开全县引漳入林广播誓师大会，牛岭山群众就给我们找了一匹马。我骑在前边，通信员于怀增骑在后边。

晚上8点，我们到达任村公社木家庄村后，才乘上县里来接我们的车。在车上，我取出《引漳入林动员令》的草稿，边看边改。将近9点，我才回到县城，饭没吃、水没喝就直奔设在大戏院的全县引漳入林广播誓师大会主会场。①

----

① 《修建红旗渠片段回忆》，李运宝著，见《河南文史资料》，总第109辑，第66～67页。

上述种种艰难，仅仅是初尝苦滋味。 之后的岁月，翻山越岭成了家常便饭，住草庵、崖洞是每天必做的功课，吃不饱肚子的事情时时发生。

林县人必须坚持和忍受。

世界上没有无代价的事。 林县人知道，想要降伏几千年来肆虐在林县大地上的旱魔，必须有人付出代价。 不是这代人，就是那代人。 他们这代人付出代价，"苦干"之后，就能让子子孙孙不再"苦熬"，不再遭受一代代人遭受过的那些痛苦。

夜晚的林县，万籁俱寂。 李运宝的声音通过麦克风的放大，通过有线广播，打破了这个北方小城的寂静。 这声音穿越县城，飞向林县的平原、谷底，飞向太行山深处的每一个村庄。

《动员令》是一封"告林县人民书"。 它宣布，林县人正式开始向太行山进军，一场前所未有的人与自然的对决就要开始了。

> 引漳入林是彻底改变林县面貌的决战工程，这一工程建成将有20~25个水的流量，像一条运河一样，滔滔地流入我县全境。……从此，龙王大权就掌握在人们的手里了，不仅用渠水浇地，还能用它发电。……它是我县水利建设史上的最大工程。
>
> …………
>
> 全部民工共计10万人，第一批2万人，一律于明日(11日)一早动身，自带行李、干粮和工具，除较远的

地区外,统于当天晚上到达工地。

…………

要把这支 10 万大军组织得威风凛凛……

大军进入工地,一切行动听指挥,遵守工地制度与秩序,服从组织分配,加强组织性和纪律性,实行组织军事化,行动战斗化,生活集体化,管理民主化,任何人不得闹分散主义,不按照统一行动办事的要严格开展批评与自我批评。

今天,重读《动员令》,我们仍然可以感受到 50 多年前那个寒冷的夜晚,林县大地上的温度。

为了"彻底改变林县面貌",为了将"龙王大权掌握在人们手里",他们不能不振奋。

林县人将不仅仅有吃饭、洗脸的水了,连发电的水都会有了,林县的历史就要改写了。

"威风凛凛"的大军,以最快的速度组织起来了。 县城、乡村,男人、女人,县委领导、山坳里的农民,准备干粮,整理开山的工具,收拾自己的行李卷儿……

有劲头儿更足的——采桑公社的党委副书记、工程分指挥部指挥长秦宽录早就准备好了。 引漳入林动员刚刚结束不一会儿,秦宽录就带着一部分民工赶到县城的动员会会场,等着天一亮就奔赴工地。

李运宝已经回到家了,又骑着自行车折返回来。 他劝秦宽录和采桑公社的群众先回去,可没有人回去。 他们说,修渠,就是要准备着去受罪的,他们要在这儿等着,要打响全县

修渠队伍开进太行山(魏德忠摄)

第一炮……

　　凌晨两点，城关公社的王朝文接到了参加施工的通知。他马上回家收拾行装。天不亮，他就和邻居们结伴出发了，连给父母都没来得及说一声……

　　后来落下终身残疾、成为红旗渠工程特等劳模的李改云此时担任井湾村大队妇女主任。凌晨4点，她就带着井湾村的

200 多人出发了。

可以看出，引漳入林早就深入人心。 它成为林县人的共识。 林县人早就摩拳擦掌，整装待发，只等那一声动员令传来，便义无反顾地奔赴工地。

几万人的队伍，浩浩荡荡，蜿蜒在正月的太行山。

他们的身材不够高大，气色不够好，穿着打补丁的衣服，脚上大多是布鞋，黄军鞋已经是奢侈品，手里拿着的，是最普通的锤、钎、锨、镢头、撬棍。 可是，他们的脸上洋溢着豪情。 他们的身影，汇成一道精神的河流，盘绕在太行山上。

这条精神的河流里，流淌的是渴盼、奋争，和一往无前的勇气……

不给子孙后代留麻烦

关于从山西引水，我们需要在这里交代一下两年后的事情。

1962 年 8 月 15 日，山西省平顺县和河南省林县的领导、干部和群众代表坐到了一起。 他们要商量红旗渠工程一件重要的事情。

此时，最艰难的时候已经过去。 工程进展顺利，国内、全省粮食紧缺的情况有所好转，有关红旗渠工程的技术性安排也差不多了。 林县人只要坚持下去，无论早一年还是晚一年，红旗渠总有一天会流遍林县。

但是，杨贵的心里隐隐约约总有一丝担心。 这种担心，随着工程的进展而逐渐增强。 此时，是腾出手来解决这个问题的时候了。

这个问题，就是红旗渠工程在平顺县的占地问题。

林县与平顺，一衣带水，从来关系就很好。 历史上，中原地带多战乱，不少人为了逃命，往往会选择穿过莽莽苍苍的太行山西行。 以八百里太行作为屏障，平民百姓的生命总是多了一层庇护。 事实上，不少平顺人本来就是林县人。 他们或者为了逃避荒年，或者为了寻找营生，翻山越岭，长途跋涉，到平顺安顿下来，依靠他们的勤劳，撑起家庭的一片天空，他们在平顺洒下了汗水，平顺的山山水水也仁慈地养育了他们。

平顺县著名的全国劳模李顺达就是林县人。 李顺达，1915 年出生于河南省林县合涧镇，16 岁随父母逃荒到山西省平顺县西沟村落户，以租种土地为生。 他早年参加过抗日战争，新中国成立后，以全国劳动模范而闻名。 李顺达曾当选中共八大代表、中央委员。 1960 年春节期间，林县向平顺商量"借水"修渠时，李顺达向家乡伸出了援助之手。 他写信给山西省委高层领导，又帮助他们在平顺县斡旋。 他影响大，人缘好，说话有分量。 有他出面，林县人自然省了不少力气。

林县县委当然一直非常注意两县之间的关系。 平顺县干部群众支持林县引水修渠，林县人永远不会忘记。 但他们也知道，在人家的地盘上修渠，自己不方便——这是必然的——关键是给人家制造了不少麻烦。 林、平关系搞得好，不仅修渠时会给对方减少麻烦，也会让渠道前期施工、后期维修都更加方便。

所以，工程指挥部一开始就要求，施工人员要严格遵守"三大纪律八项注意"——它是当年中国共产党对于所指挥的军队的纪律要求，而红旗渠工程施工队伍，也采用了这种军事化编制的形式。

1960年3月，红旗渠刚刚动工不到一个月，林县县委书记杨贵刚从郑州开会回来时，更严格地强调了这一点。那时候，他沿着渠线，一直走到渠首。一边走，一边和平顺县的干部、群众聊天。当时，就有当地的老百姓提意见：山上乱放炮，放的还都是大炮，一崩一个山头，闹得跟地震一样，把房子都崩得裂了缝，把牲口都崩跑了。针对这种情况，在1960年3月10日召开的盘阳会议上，他就有过非常具体的安排，他的安排具体到了"琐碎"的地步，比如说，对于说冒调话（指鲁莽、不合适的话。——作者注）的严格批评；不管哪个地方，已将麦田走成小路的，要迅速掘一掘，保护麦苗；弄些树苗来，给当地搞个苗圃……

县委领导想得细，安排得具体，施工人员就很注意。都是从苦日子里过来的，也都是在艰苦的岁月里讨生活。交往中，"你替我打一担水，我给你送一碗汤"的情况很多。那个年代，又讲究"全国一盘棋"，"阶级兄弟亲如一家"，所以，无论从哪个方面来讲，林县、平顺都有着保持良好关系的条件。

但是，杨贵还是觉得，渠道占了人家的地，终究得有个说法。没有个说法，无论是林县还是平顺，将来都不好给子孙交代。

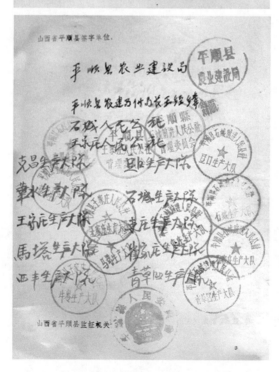

　　《林县、平顺两县双方商讨确定红旗渠工程使用权的协议书》。签订这份协议书，一定程度上起到了界定产权的作用(郭端飞摄)

他派人去平顺县，和对方商量。他的想法是，红旗渠在平顺县 40 余里的渠线，包括渠首在内，所占的地，按照国家建设征用土地办法确定的标准，给平顺县予以补偿。来来回回，多次商量，林县、平顺两县终于坐到一起，签订了一份《林县、平顺两县双方商讨确定红旗渠工程使用权的协议书》。

协议书说得很明白：按国家规定，对占用平顺县的土地、山坡、房屋、树木等一切财产，"全部作价赔款 364567 元"，土地、山坡、房屋好理解，而所谓"树木"，指的就是花椒树、果树、木材树。协议书划定了渠线范围，还明确"确保林县人民群众永远使用的权利"。为了回报平顺县的支持，"充分发挥水的最大效能，做到合理经济地用水，按照渠道管理办法规定，保证沿渠村庄吃水、浇地；……但双方必须维护渠道安全，渠外两侧，只许种地或种花椒树……"

在这份协议上签字盖章的，是两县 20 余个单位的代表。其中"平顺县人民委员会"和"林县人民委员会"是作为"监证机关"盖章的。

杨贵后来在回忆签订这份协议的动因时说：不给后人留麻烦。

今天的我们不能不认同杨贵当年的判断。在那强调"一大二公"的年代，这份带有明显经济色彩的协议，其实有一点"界定产权"的意思。协议把林县和平顺县当时和将来该做什么、不该做什么说得很清楚。无论是林县的子孙还是平顺县的后代，有了这份协议，将来，无论谈什么，都有了依据。

实际上，几十年后，因为用水，林县和平顺之间确实出现

中国红旗渠

了问题。　由于上游来水量变小，红旗渠渠水已经没有办法分到当年的流量，而平顺人要修电站，修了之后，更会影响到下游用水。　此类纠纷，幸亏有当年的这份协议。　否则，两县干部群众怎么协商，以什么依据来协商都成了问题。　这当然是后话了。

中篇

燃情岁月

红旗渠鸻鸪崖段（郭端飞摄）

第五章　红旗渠工程之一瞥

趁着民工们还在路上，我们先描述一下红旗渠工程。 让我们看一看，红旗渠工程的全貌。

为了讲述的方便，我们穿越时空。 我们讲述的蓝本是已经建成的红旗渠。

渠道"家族"

红旗渠是一些渠道，没有问题。 但是它的渠道并不是同一大小、同一规格型号的。

它的渠道，可称为一个"家族"，可以用"几世同堂"来描述：总干渠、干渠、支渠、斗渠、农渠、毛渠。

总干渠是"第一代"渠道。 红旗渠总干渠从渠首山西省平顺县侯壁断开始，到林县境内的分水岭（红旗渠修建之前叫坟头岭，因为这里原来是一片坟地。 它现在叫分水苑，已经建成了景点，是红旗渠风景区的一部分）结束。 全长 70 余公里。 渠道从侯壁断到林县界，一共 20 余公里；从林县界到总干渠终点分水岭，还有 50 余公里。

总干渠最重要。 有了它，红旗渠才能把水从山西引过来。 没有它，后面所有工程都是无源之水。 它沿线到处是悬崖绝壁，施工难度最大——可以想见，太行山将山西和河南隔开，若不是这一带山高谷深，它也很难成为两省的分界线。两省早就你中有我，我中有你，若没有这道天然屏障，林县和平顺县没准早成一个县了。

总干渠跨了两省，所以当年安排施工时，民工们干活、吃、住都不方便。 放炮开山，总得跟当地领导打招呼，也总得借住在当地群众家，住人家的房子，吃人家的水，免不了要打扰人家，不小心还会发生些矛盾。

干渠算是"第二代"渠道，有三条，从分水岭下来，分别通往林县的三个方向。 三条干渠分了总干渠的水，让它们能够流得更远。 干渠的施工难度相对小一些，毕竟是在林县境内，施工人员离家近，生活方便，后勤保障也来得更快。

剩下的支渠、斗渠、农渠可看成是第三、第四、第五"代"渠道。 它们穿越峡谷，盘过山脚，沿着村庄与农田，把大大小小的水库连起来，蛛网样地纵横交错。 浇地、吃水，林县人几千年的梦想最终就是通过它们"美梦成真"的。

此外，红旗渠还有一些配套工程，分别是水库、池塘、发电站等。

这些配套工程，林县人把它们称为"长藤结瓜"——一道道弯弯曲曲的渠线，就是一条条蔓延在太行山上的长藤。 蔚蓝色的长藤下面，是那些来之不易的果实：水库、池塘、发电站。 这些果实，被林县人的十年汗水所浇灌，被太行山人的十年艰难所哺育，储存了足够的营养和能量。 清清的漳河水，缓缓地流进去，又缓缓地流出来。 流进去的时候，漳河水已经做好了准备，它要从这些水库、池塘、发电站出发，实现最终的涅槃：

成为甘露，浸润那些历尽艰难的林县人的内心；

成为清波，洗涤几千年来林县人缺水的苦难和盼水的焦虑；

成为电流，唤醒林县每一个寂静而沉默的夜晚……

不过，有个事实是，由于红旗渠从开始动工到全面完成，时间跨度实在太长，大的社会形势在变，林县的人事也在变，这些"瓜"，有的"长"了一半就被置之不理了，有的设计得很好，也"长"成了，可因为疏于维护，慢慢地就不能用了非常可惜。 只有部分工程发挥了最初设想的作用。

这自然是另一个话题了。

施工为什么这样难

今天，看到红旗渠的航拍照片时，常常有人惊呼：太行山的蔚蓝色飘带。

一点不错。 从天空来看，红旗渠水沿着弯曲的河道呈现出它的蔚蓝。 渠道从一座红色的大山盘出，又从另一座大山盘过来，灵动、飘逸，任是谁，想要凭空画出这样的山水画都是枉费力气。

绝美的风景，却埋伏着巨大的风险。 这一带的太行山属于嶂石岩地貌，崖壁往往又长又陡。 长的，几十米，几百米，几千米。 陡的，是 90 度，甚至 90 度以上——上面的山体往外突出，下面的山体反而收缩在里边。 很多地方不仅没有路，连个立脚的地方都没有。 一抬头，笔直的峭壁指向天空；一低头，下面是万丈深渊。 崖高谷深，想要开个工作面出来，就得放炮，用炸药崩，但是一崩，山体往往会松动，上面的小块石头纷纷往下滚，大块石头却不知道什么时候才能失去平衡掉下来。 而它一掉下来，如果下面有人，就会造成灾难性的后果。 红旗渠工程最大的一次事故——城关公社民工九死三伤——就是这样造成的。

红旗渠工程量实在是太大了。 有这么几个数字：渠道总长 1525.6 公里，修建过程中，削平山头 1250 座，架设 152 个渡槽，凿通 211 个隧洞，修建各种建筑物 12408 座，共挖砌土石 1515.82 万立方米。[①]

数字是枯燥的，还有一种形象的描述：把修渠时用掉的土石垒成一条高 2 米、宽 3 米的墙，可以纵贯中国南北，把广州与哈尔滨连接起来。

渠线长，土方量大，不要紧。 当年的林县，已经有几十万人口。 修渠，三万人不够，上五万，五万人不够，上十

---

① 《红旗渠志》，河南省林州市红旗渠志编纂委员会编，三联书店，1995 年 9 月第 1 版，第 3 页。

这就是红旗渠。它的上方是巍巍太行山,下方是滔滔漳河水(魏德忠摄)

万,五万人十万人还不行? 那就像愚公家族那样,假以时日,他们"孙又有子,子又有孙",只要不放弃,总有把活干完的时候——你可以说,愚公移山只是个神话,拿它举例子,不足为证,万里长城可是实实在在摆在人们眼前,它不就是一代代人,不停地修,最后修成了历史的奇迹了吗?

红旗渠最大的问题是要修在石头上。 那些石头,都是石英岩,千万年来,经历风吹日晒、沧海桑田,屹立不倒。 它有多硬、多难搞，三岁孩子都知道。 跟它斗，可不是闹着玩的。 新买来的钢钎，一锤打下去，别说把石头劈开了，石头连动都不动，能留下一点儿钢钎的印儿就了不起了。 再说，渠线没有任何基础，都是绕着漳河，沿着山腰来修，山势怎么曲曲拐拐，它就怎样蜿蜒曲折，并没有什么现成的章法。 山里也基本没有平地，渠道一定是一边高，一边低，修渠时，要把高的一边弄低，把低的一边垫高，这样，修好的渠，底面才是平的。

干这些事儿，总得有合适的工具。 今天，我们在工地上，看到最多的，可能是压路机、挖掘机、推土机吧。 乍一想，我们会觉得，如果当年的林县人能够有几辆这样的车，不知道能省下来多少事儿。 但再一想，根本不是那回事儿。 当时的林县没有什么像样的工具。 没挖土机，没电钻，一开始连辆施工的汽车都没有。 后来还是部队支援了几辆。

——别说没有这些车辆，就是有，怎么沿着羊肠小道——大多数地方连条羊肠小道都没有——开到大山里？ 即便是靠肩扛人推弄到大山里，也根本没有空间供它们施展。

红旗渠的另外一个技术参数也让人头疼：1/8000 的坡度。当初选渠首时，林县相中的地方海拔要更高一点，和下游的落差能大一点。 但平顺县要在上游修水电站，所以他们只能选择侯壁断。 选择这里做渠首，与分水岭的落差就要小得多。总共算下来，渠道每往前延伸 8000 米，渠底海拔只能下降 1米。 如果是在平原地区修高速公路，这点要求当然算不得什么。 可这是在崇山峻岭、层峦起伏、九曲十八转的太行山。渠道上没有任何提灌、加压设施，全靠地势的落差让来水自由下泄。 这样的技术要求，对于林县这群没有什么先进的施工工具和测量器材的"土工匠""土技术员"来说，难度实在太大——实际上，直到今天，无数人仍然认为，这样的条件，想要实现技术要求，几乎是不可能完成的任务。 当年，河南省委书记处书记杨蔚屏来林县查看正在施工中的红旗渠时还提醒杨贵：这么大的工程，如果通不了水可怎么办？ 把杨贵吓出一身冷汗。

林县有多困难

红旗渠工程从酝酿到实施，正是共和国历史上最艰苦的岁月——1959 年、1960 年、1961 年三年困难时期。 新中国成立时间不长，从国家到省里、市里，都没有什么家底。 加上连年气候不好，庄稼减产，到处都买不到粮食，食品价格涨得很高，吃饭就更加困难——大饥荒正是那几年发生的。 林县因为早几年坚持不放卫星，不用外调那么多粮食，稍微好一点儿，但也好不了太多。

2009 年，作家蒋元明先生在他的一篇散文《近读山碑》里说：

> 在林县，如今叫林州，我看到一份清单。当年修渠的干部、民工除自己带口粮外，工地还补助粮食：
> 一九六〇年二月到四月，干部补 1.5 市斤，民工补 2 市斤；

林县人长期使用的小推车(郭端飞摄)

一九六〇年五月到八月,干部补 1.2 市斤,民工补 1.8 市斤;

一九六〇年九月到十月,干部补 0.8 市斤,民工补 1.2 市斤;

一九六〇年十一月到一九六一年五月,干部补 1.2 市斤,民工补 1.5 市斤;

一九六一年六月到一九六六年五月,干部补 1.2 市斤,民工补 1.8 市斤。

即使有这个补助,干部、民工仍然不够填饱肚子,还要上山挖野菜、采树叶,拌上玉米面、红薯面、谷糠面

修渠民工使用的工具(郭端飞摄)

放在笼屉上蒸。①

红旗渠从 1960 年动工到 1969 年 7 月，共持续了近 10 年时间。 这 10 年，中国社会风云变幻，政策变化大，各种"运动"多，人心不稳。 来自上级、同级对修渠的质疑和指责也很多。 能坚持下来，委实很不容易。

红旗渠工程，总投资 6900 余万元，其中国家投资 1000 余万元，占不到 15%；县、社、队三级自筹资金 5800 余万元，占 85%还要多。 国家支持不多，林县人收入也少，买炸药、工具的钱紧张。 要不是太行山里的这些汉子有着愚公移山般

① 见《人民文学》，2009 年第 6 期。

的执拗，工程能不能坚持修完，很难说。

好在山上石头多

想象红旗渠，人们往往会觉得这是一项不可能完成的工程。 因为工地的危险，因为石头的坚硬，因为工具的缺乏。但修红旗渠也有个有利条件：太行山上石头多，它让不可能成为可能。

2013 年 9 月 26 日开幕的"2013 北京国际设计周"上，红旗渠击败著名的密云水库，荣获年度最高奖——"经典设计奖"。 这个奖项，之前只有天安门观礼台和青藏铁路建设工程获得过。 组委会给出的获奖理由是：

> 由于红旗渠设计依循中国自古以来的水利工程智慧，在太行山腰依山而建、就地取材，并创造性地采用矿渣加石膏粉混合为水泥，以开山炸石的石料筑成渠堤，建成人工天河，体现了中国式设计理念，同时也是一种十分环保的设计方式。这种设计给了当代设计很多启示，寓意着不一定要用豪华的材料，恰恰是依靠因地取材，因地制宜，从而带来更有价值的设计成果。[①]

这段话主要就是讲红旗渠是怎么省钱干大事的。

---

① 参见《北京青年报》，2013 年 9 月 24 日 A7 版。

修渠的材料主要包括石头、水泥、石灰。 花钱去买，代价会非常大。 但如果掌握了生产技术，又能控制人力成本的话，价格就会低很多。

渠墙、渠底最主要的材料是大大小小的石头，这些石头，不用到别处去买，太行山上多的是。 民工在渠线上打好炮眼，炮手装好炸药——怎么装、装多少是个技术活，得经过很长时间摸索——一点炮，炸开一片。 把这堆石头挑挑拣拣，有的就留在渠底，有的抬到一边，垒渠墙。 石头清理好，渠底也就基本弄好了，再把渠墙建起来，一段渠道就算完工了。大致就是这么个方法。 想一想，全渠线 1500 多公里，如果建渠墙的石头都从别处买，别说当年的林县，就是现在的林州也是不可能完成的——也不说买石头的钱了，光把这些石头运到那崇山峻岭上就实现不了。

垒渠墙，还需要石灰和水泥。 石灰、水泥都是用石头烧的。 太行山上，可以烧石灰、烧水泥的石头很多。 还是老办法，炮手炸开一堆石头，民工们蜂拥而上，扛的扛，抬的抬，把石头垛到石灰窑里，点火，烧上几天几夜，石头就变成石灰了。 制造水泥稍微麻烦些，但是只要有石头、有煤，又知道怎么烧，慢慢也就能完成。

我们可以发现，无论是石头、石灰还是水泥，最重要的一点是，要有炸药去从山上炸。 而红旗渠工程所用的炸药，大部分是林县人自己制造的。 自己造，投入的主要是原材料和人力成本，花的钱就不会特别多。

了解了以上几点，我们就能知道，红旗渠，修起来确实难，物质匮乏的年月，旷日持久地干，能坚持下来，确实是奇迹。 我们说，林县人像愚公，像精卫，指的是，林县人拿出愚公移山、精卫填海的劲头来修渠。 艰难岁月里，几十万林县人自力更生，把精神、意志转化成无穷的力量，支持他们一直往前走，最终实现了林县人的千年梦想。 但修渠可不是什么"白日梦"，工程的可行性确实很大，绝不是说杨贵和林县人能把一点儿也没谱的事变成现实。 红旗渠的奇迹，是人的精神突破庸常生活的限制所创造的，但它绝不是神话，不是传说，不是从天上掉下来的。

第六章　蚂蚁啃骨头

蓝天白云是棉被，
大地荒草做绒毡。
高山为咱站岗哨，
漳河流水催我眠。

——摘自《红旗渠民工诗抄》

人 海 战 术

终于，太行山上响起了放炮的爆炸声、打眼儿的敲击声、抬石头的号子声。

修渠民工就这样吃住在大山上（魏德忠摄）

红旗招展。 红旗，是那个时代特有的精神符号。①

人头攒动。 毫无疑问，工程是人海战术。 可林县不靠

---

① 工程开工 20 余天之后，1960 年 3 月 6 日，县委书记杨贵主持在盘阳召开了"引漳入林委员会扩大会议"。 会上，杨贵提出建议，把引漳入林工程所修的渠道，叫作"红旗渠"。 杨贵后来解释说，红旗象着革命和胜利，如此命名，是要在林县人心中树立一面旗帜，引领全县人民奋勇向前。

人，不靠人的精神头儿，还能靠什么呢？ 正如杨贵后来所说："那时候搞工程不像现在先要算投资。 我们不算这个。 我们投入的是人，算一算粮食够吃，钱够买炸药、工具，那就干。"

工地上一共有民工 3.7 万人。

没有达到原计划的 10 万人，不过，远远超出了李运宝在引漳入林动员会上所说的，一期工程投入民工 2 万人的数字。

县委一班人乐观地聊过一个话题：总干渠全长 7 万米左右，投入人力 7 万人，每人 1 米，8 米来宽、4 米来高的渠，土方量并不算大。 吃点苦，赶点工，100 天左右怎么也能完工吧。

基本没有算错账。 3.7 万人，手拉手连起来，可不就跟 7 万米的渠线一样长嘛。 林县一共 50 多万人，再上 3.7 万人呢？ 不行的话，再上 3.7 万人。

可问题是，这项工程是一个集体与一座座大山的对峙，并非单个的人和 1 米或 2 米的石壁、1 方或三五方土石的较量。 若是后者，问题就简单了，民工们甚至可以把划给他们的那一点石头运回家去。 ——如果能这样，愚公移山就不是神话，早就是现实了。

过 100 天左右，就是 5 月底。"县委研究，计划在 6 月上旬召开全县水利建设英模大会……可带上英雄队参加，要号召工人迎接大会的召开。"——后来，这项原计划 100 天左右的工程，花了 8 个月时间，只完成了山西境内的施工；再后来，他们又计划整个工程用 5 年左右结束；而最后，工程全部竣工，林县人用了将近 10 年。

甚至还有人建议：工程既然这样大，干脆再往大处考虑。渠道宽一点，深一点，让渠里边能过船，可以搞航运，那就成了空中运河——大自然可没有给林县这样的便利条件，但是，搞成这样一条渠，能吃水，能浇地，还能发电、搞运输，"人定胜天"不就成为现实了吗？

林县人确实是太乐观了。大自然将会给这群洋溢着乐观主义的山里汉子结结实实地上一堂课。

当时的林县人能用什么样的工具呢？读一段《林县志》，我们可以知道得差不多。

> 林县人民长期沿用人力和畜力的简易工具，主要有锨、镢、镰、斧、锄头、铁犁、戗犁、木耙、石吨（应为礅——作者注）钩担、箩筐、石碓臼、石磨、石碾等。
>
> 20 世纪 50 年代初期，开始使用新式农具，如步犁、双轮双铧犁、链式铁制水车等。1952 年，制作胶轮手推车 50 辆。1953 年，制作胶轮马车 80 辆。1957 年，制作胶轮小平车 301 辆。1965 年，胶轮马车、胶轮小平车、胶轮手推车达到普及，仅手推车达 57794 辆。20 世纪 60 年代后期，随着农业机械、电力事业的发展，古老的石碾、石磨及胶轮马车、平车被现代化机械取代。①

林县的状况，是中国农村的样本。几千年来，农村封

---

① 《林县志》，林县志编纂委员会编，河南人民出版社，1989 年 5 月第 1 版，第 281 页。

　　　　　　　　　　　　　　　　　　　　　　　中国红旗渠

闭、落后，人们除了种地吃饭，很少有其他的活动，除非有特殊情况，农民们很难离开土地，也很难看到先进一点儿的农具——话说回来，就是看见，也没钱去买。 所以广大的农村，几千年来就用那几种农具、工具。

从《林县志》可以看出，20世纪五六十年代的林县人，能拿得出手的，也就是那些简陋得不能再简陋的工具。

施工环境太恶劣了，林县人发扬"蚂蚁啃骨头"的精神
（魏德忠摄）

8 磅（约 3.6 公斤）的大锤，高高地抡过头顶，落下来时，必须准确地砸在直径只有 2 厘米左右的钢钎顶端。 不是所有人天生就会干这个，一不小心砸歪了，就会砸到扶钎人的手上，鲜血直流。 冬天，皮肤比较硬，粗糙的皮肤缝儿里，再粘上些泥巴，看起来更加触目惊心。

抡锤是重体力活，扶钢钎稍微轻一些，刚开始是男人抡锤，女人扶钢钎。 后来，女人也开始抡锤。 女人力气小，抡锤必须稳着来，时间一长，根本受不了，有的只好跪在地上打。 地不平，到处都是石头，又会把裤子磨烂。

山上的石头很硬。 砸了很多下，石头纹丝不动，往往只留下几个白点儿。 土法儿制的钢钎，钢质不好，用不了多久就会废掉。 他们好不容易搞到一批抗美援朝时挖掘坑道剩下的钢钎。 军用工具，质量就是好，它们成了工地上的宝贝。 但数量太少，舍不得用，就把一支支钢钎截成几段，分别焊在土法儿制的钢钎头上，一支就变成了几支。

即便是有炸药，太行山也不是那么容易低头的。

老虎嘴工地位于山西省平顺县王家庄村东的危崖。 这段赤红色的崖壁，由于下半部分风化速度快、上半部分风化速度慢，形成了一个凹着肚子的山体。 远远看去，崖头往外突出好几米，而肚子部分却深深地凹了进去。 凹着肚子不打紧，关键是它没"腰"，它从肚子部位开始凹，一直凹到漳河边。直到今天，走在此段渠岸，它的险要也丝毫未变：头顶是垂直的石壁，脚下几无立锥之地。 一低头，带子般的漳河，就在下面滔滔奔流，让人耳晕目眩。

这样的地方，也必须开一条 8 米宽、9 米高的通道，让渠水盘绕而过。

承担老虎嘴工地的是泽下公社。 这个公社把三个大队编成一个营，由王磨妞任营长。

总指挥部给定的方案是：从崖顶开始劈山，一直劈到渠底。 王磨妞带领民工，腰系绳索，手握大锤，贴在悬崖上开凿炮眼。 可是这里的岩石全是花岗岩，石质坚硬无比。 钢钎打一会儿就断了，换了一根又一根，也就打出个核桃大小的坑。

他们改变了策略，借助着安全绳在崖壁上爬上爬下，终于找到一层比较松软的岩层。 挖掉它，正好可以当炮眼填炸药。 王磨妞带领 30 名身强力壮的青年，背着行李爬上老虎嘴。 苦干了半个月，终于打成 5 个 5—7 米深的炮眼。 填上 500 公斤的炸药，老虎嘴才被炸开了。

30 余人，15 天，只打了几个炮眼，工程进度之慢，可想而知。

自然界里存在着一种蚂蚁啃骨头的现象。 一团蚂蚁把一根骨头包围得严严实实。 假如不认真看，根本看不出骨头的存在。 蚂蚁完全是依靠"蚁海战术"，无数渺小的身躯聚集得连针扎的缝都没有。 即便你驻足认真观察好一阵子，也不会看到骨头在变小。 你暗暗地嘲笑着蚂蚁的渺小，转身离去。然而过两天若还能见到这群蚂蚁和那根骨头，你肯定会大吃一惊：那根所谓的硬骨头小多了。 蚂蚁的力量，不容小觑。

红旗渠工程上，大部分施工都可谓"蚂蚁啃骨头"。

人乃万物灵长，怎会感知不到自然界的荒谬。人若坚持着"蚂蚁啃骨头"般把一件事情坚持到底，一定是因为他们内心深处有一种强大的精神力量做支撑。

郝顺才，1946 年生。1960 年，14 岁的他来到工地上，开始了他和红旗渠工程 50 多年的情缘。他先是参加施工，后来又加入到护渠的队伍中。一个冬天的上午，我在红旗渠工程管理处采访了他。他的讲述，为我们了解当年的情况，提供了一个视角：

> 工程刚刚动工的时候，整个林县，不管男女老少，只要是强壮劳力，全都去。只有老人、生病的、身体残弱的在家参加农业生产。家里小孩小的妇女全部不用到工地上。去的都是没有小孩的，或者三四十岁，孩子大了，家里没吃奶的孩子。这样一来，种地全靠留在家里的这部分老弱病残的男劳力和妇女。
>
> 工地上也实行军事化编制，县、公社、大队、生产队分别是总指挥部、分指挥部、营、连、排。排下面还有班，就是生产小组。在工地上，号令指挥一切。起床、上工、下工、吃饭、点炮，都是吹号指挥。
>
> 施工队员们干活、吃饭都在一起。干活的工分，吃饭的伙食，按生产大队为单位由事务长记账、记工分。那时候，吃饭是在大食堂，干活是生产队集体劳动，1961 年开始撤销了大食堂，但还是集体劳动。
>
> 我当时上初中二年级，是正月二十以后到的工

地。——到我们大队的红旗渠工地。我父亲是石匠，锻石头的，也在这个工地上，但我们晚上并不在一个地方睡觉。

我们学生主要有三项工作。

第一项工作是帮大人干活。空心坝位于浊河河滩，在挖基础时，大人推车运石碴，我们帮着拉车；垒砌时，我们负责供应沙子。我们用小推车把河滩里的沙子往工地推。河滩不好走，小孩推车技术又不高，一辆小推车要5个人，一个人在后边推，两边两个人帮，前边还有两个人拉。沙子够用的时候，小孩在沙滩等着；快用完了，大人就会喊"赶快来沙子"。大人一喊，我们这边的小孩就唱："小车一辆挨一辆，挨到哪辆哪辆上。"——车子排成一队，轮到哪辆，哪辆小车就上去。

第二项工作是上山采野菜。当时很艰苦，我记得，我们那个工地，吃的菜是红薯叶。采购员跑到内黄、商丘(内黄、商丘都是河南省的地名)。内黄与林县都属于豫北的安阳地区，商丘为豫东另一个地区。买下来，打成包，运回来。把它扔河里泡两三天，泡软，倒在锅里煮，煮好了，加点盐调一调吃。后来山上的草长出来了，我们就到山上采野菜。红薯叶是干的，不好吃，野菜是现挖的，是新鲜食品。我们一个人拿一个麻袋，跑到山上，把野菜、树叶采下来，半天采一麻袋，背回来交给伙房，炊事员把苦的和不苦的分开，苦的要煮一煮泡几天才能吃，不苦的当天就吃了。

第三项工作是给大人做记号。大人们每天都有任务,像抬石头每人每天抬多少块,挖土方每天挖多少方,都有定量。大人们抬一次石头,我们就给画一道,抬5次,画出个"正"字。到下工时汇总一下,看他们完成了这一天的任务没有。没有的话,晚上得加班,必须完成任务。

初中二年级,我们有好几门课,上工地时只带了两本书,一本数学,一本语文。除了语文数学,别的课都不学了。我们每劳动两天上一天课。上课的时候,老师找一棵大树,把一块小黑板挂在上面,就在那里讲课。我们在树下坐着,把课本放到膝盖上听讲,作业要到晚上做。到了星期天,就借用工地附近村子里的学校教室上课。凡是在工地的学生都这样安排。

到工地的都是初中以上的学生,小学生不去。小学生去干活,是总干渠通水以后搞配套工程那会儿,在家门口,每天放学,要搬一块石头送到工地。年龄大一点的,搬一块大的,小一点的,搬一块小的。这是学校要求的。当时修红旗渠,林县全民总动员嘛,工农兵学商,全都集中到工地。医院办到工地,商店开到工地,大家都要为"引漳入林"服务。

那时,我们小孩给大人备的沙子够了,肚子也饿得慌了,快该下工了,就更是盼着听到号声。

司号员吹号的时候,要站到高一点的山坡上,我们小孩在河滩看得清清楚楚。一看他往山上走,我们就在原地站着等;他把号往上一举,我们知道他要吹号了,就立马往饭场跑。时间长了,司号员就跟我们开玩笑,他看着我们,把号举起来,做出要吹的样子,我们马上就跑。我们一跑,他又把号放下来,我们就又往回跑。就这样来来回回的,挺有趣。当时,对小孩不像对大人那样管得严。干活不是太累,但是总感到劳动时间太长,我在渠上总是感觉盼不到下工时间。每天都是早上5点上工,一直干到中午12点。有人把饭送到工地,吃饭和休息总共一个钟头,一直干到晚上七八点。就这样一年到头一直干。大人当然就更不行了,他们每天都有硬任务,那是真艰苦。

当时人与人之间协作得真好。

修空心坝,是在林县境内。没地方住,附近群众的觉悟都很高,都主动把房子腾出来。这就不用说了,好理解。

在山西,人家也可热情了。当时林县这边是大食堂,管得严,不能自己起火做饭。山西那边,也是大食堂,但人少村子小,管得不严,自己能在家做小锅饭。我们的民工有人生病了,人家还会给做点汤送给他喝。几十年后,有一次我去平顺县,和王家庄村一个老人聊天。他说,林县民工修红旗渠时,他家5口人住一个院,有房子5间,全家人只住了1间,剩下的4间全部腾出来叫修渠的民工住……

今天的人们,来到林州,来到太行山,来到红旗渠,一定会产生一种对大山的敬畏,也一定会对人类自身产生一种无力和渺小的感觉。

是的，大自然神工鬼斧，塑造出如此雄浑伟岸的山脉。单个人，你只可能凝视它、瞻仰它，你不可能和它平等对话，你甚至不可能产生想要和它对话的冲动。它也包围着你，威压着你，似乎轻轻一动那无比庞大的躯体，就会让蝼蚁般的人灰飞烟灭。

它养育了人，也时时刻刻给人类制造出威压。

也许，只有更多的人，靠一种宏大的力量组织起来，才能产生出和大山对话的勇气。

组织起来的人，身上的力气可能不一样，手头的工具可能不一样，走路的步伐可能不一样，但他们的目光，可以注视着同一个方向，他们的目标，也可以锁定在同一个地方。

只有这样，他们的力量才可以叠加，他们的肢体才能够延长，他们的声音才可以传播到更远的地方。

正是在这个意义上，我们才可以真正理解，当年，红旗渠线的那些人们，对于他们之间的团结和协作，为什么那么看重。

顺利施工，需要拆除人与人之间技术的壁垒、拉平人与人之间认识的差距。

更需要一种完全超越一己利益的目标驱动，需要组织起一支铜墙铁壁似的队伍，万众一心，撸起袖子加油干。

林县人成功地做到了。

林县县委专门为红旗渠工程成立了指挥部。县委领导是总指挥部领导，县直部门领导为指挥部的职能部门，而各个公社的领导，自然就成了分指挥部领导。

宣传教育，工程技术，物资供应，公交邮电……一个个部门，为施工提供尽可能的保障——物质保障和精神保障。

一个个公社，一个个村庄，派来一个个意气风发、精神饱满的施工队员……

这样组织，保证了红旗渠工程的物资供应，保障了红旗渠渠线上的施工队伍，能够在十年之间，像不远处的漳河水一样，源源不断地涌来，把力量和勇气，源源不断地抛洒在每一个工地上。

血肉之躯钢铁铸

炸掉的、凿下的石头，动辄成千上万方，需要一点一点地清理干净。不用想天上会掉下来一台挖土机，更不用想会有铲车轰隆隆开过来，有的只是抬筐，民工们用抬筐，把石头一筐一筐地抬走。

抬筐所用的材料，就是人们常说的"荆棘"的"荆"，是一种灌木，又软又细，趁它没发权时割下来。今天，红旗渠畔的荆条树，已经没有人再打它的主意了。它就那样一丛丛自由自在地疯长着。但在当年，用它编成的抬筐，是渠线上一天也离不开的运输工具。

抬筐的数量也是有限的。破了，不能直接扔掉领新的，要把它交回工地指挥部的仓库，重新找几根荆条，把筐子补了以后再用。再破了，再补。就这样反复使用，直到实在补不了、用不成了，才集中到一起当柴火烧。

有的石头大，形状不规则，装不到筐里，就用铁绳捆着，用杠子抬走。

装也装不了、捆也捆不成的石头怎么办？ 林州市红旗渠精神学习会副会长郝顺才先生写的《红旗渠工地总指挥长马有金》一书里，用一个故事告诉我们。

故事发生在 1960 年 6 月的石子山工地。

石子山山如其名，山体主要由鹅卵石和流沙构成，没长什么草木，黏结度差，结构松散，一刮风，大大小小的石头就会从山上哗啦啦滚下来。 这样的山体，别说施工，就连想要爬上去都很难。 手无处攀，脚无处踩。 一不小心掉下来，就会滚到漳河里，摔得粉身碎骨。 人们这样来形容石子山：

> 石子山，鬼门关，
> 腰系白云峰触天；
> 禽鸟飞过不敢落，
> 猴子远离不敢攀；
> 大风呼呼绕山转，
> 飞沙走石往下翻；
> 风沙弥漫漳河岸，
> 尘烟滚滚把路拦；
> 吼声震得山谷响，
> 登山更比上天难。

施工环境之恶劣，令人生畏。

可是，林县人在这里没有捷径可走。 渠线必须从石子山下通过。 石子山是绕不过去避不开的。

施工队组织了几个手脚灵活的小青年，组成一支突击队。为防止意外，每个队员腰上都绑上了鸡蛋粗的麻绳，麻绳的另一头，由专人拉着。突击队员们一步一步地往前，挪到打炮眼的位置。就这样，他们靠着那根晃晃悠悠的绳子的帮助，在半山腰抡锤打钎，花了 10 天时间，挖成一个能装下几千斤炸药的炮眼。

炮放过之后，石子山震动了，大大小小的石头，雨点一样从上面滚下来。一连 4 天，山上落石不止，民工们根本不能靠近它。

没有办法，大家在一处陡坡挖了一道道深沟，又用荆条编成一条条篱笆挡起来，终于可以接近山脚了。

但是天又下起了雨。雨水把一堆堆石头都和上了稀泥。大一点的石头，装不到抬筐里，只好用铁绳拴。拴住了，穿上杠子一抬，却又滑掉了。用双手去搬，搬不动，到处是稀泥，没法下手。民工们只有愣在一边，抓耳挠腮，束手无策。

此时，林县副县长、红旗渠工地总指挥马有金来了。

马有金，林县合涧镇人，1921 年生，1958 年 5 月任林县副县长。他一出生就饱受缺水之苦。参加工作后，他多年和林县的普通群众一起参加兴修水利的工作，在要街、弓上、南谷洞水库任过指挥长，在红旗渠工地任指挥长 9 年，后来被评为红旗渠建设特等模范。

他抬脚就向那堆大石头走去，用手指着一块 120 多斤重的大石头，回头对正在清基础的民工说："你们

工地上还常常有自编的节目演出（魏德忠摄）

来俩人,把这块石头抬起来给我放在肩膀上,让我试试用肩膀背中不中。"

　　说着,马有金就蹲在了地上,有三四个小青年用手抬了起来,给他放在了肩膀上,只见老马慢慢地站了起来,将这块大石头背了起来,一步一步地向漳河边走去。

　　"抬石头太慢了,咱有的是人,不如干脆用肩膀背。"马有金把背上的大石头扔到漳河里,转过身子对大家说。

…………

在场的民工们正没有办法，一看马副县长和分指挥长都扛起来了，放下手里的铁绳和杠子，纷纷加入到了背石头的队伍里。①

一种景象出现了：一支"泥腿子"队伍，跟在一个高个儿、黑脸的中年汉子身后，弯着腰，弓着背，吃力地前行。他们的肩头，都放着一块形状奇怪的石头，石头上还不停地往下滴着泥浆。他们的身上、脸上也沾满了泥浆。但是没有人在意这些，他们有说有笑，甚至还有人插科打诨。他们的血肉之躯，此时仿佛是钢铁所铸，向太行山倔强地释放着能量。

传说中的愚公移山也就是这样吧。

他们是愚公的子孙，血脉里流淌着太行山的勇武与豪迈，他们没有辜负祖先开创的精神传统。

——甚至，他们超越了先人。愚公移山毕竟只是传说，他们是在创造着现实。

——他们，已经开创了一种新的传统。这种新的传统，伴随着共和国的发展历程，将从八百里太行山突围，流传在中原大地、黄河两岸，流传在共和国的每一片土地上。

---

① 《红旗渠工地总指挥长马有金》，郝顺才著，河南人民出版社，2010 年 6 月第 1 版，第93 页。

第七章 饥饿记忆

　　现在，我静静地坐在电脑前。 冬天的阳光，透过玻璃窗照着房间里的书架。 暖气很足，冬至的日子，恍若置身于春天的深处。 我喝一口茶，再轻轻放下散发着热气的茶杯，开始想象红旗渠工地上的这个问题。

　　我感到恍惚。 我的思维忽然有点模糊，有点飘忽不定：我们的中国，我们的同胞，和我们一样，肉体凡胎，有着做人的全部的喜怒哀乐，有着美好的梦想和清晰的痛感的同类，他们真的有那样的岁月吗？ 他们真的可能在刀子似的寒风中，头顶雪花，日复一日，抡起大锤，把自己的体温和能量交付大山，就为了得到水的润泽吗？

　　然而，当我翻开采访红旗渠和红旗渠人的笔记本，看到那些我自己亲手记录下来的采访笔记时，恍惚的思维，一下子变得清晰而坚定⋯⋯

工地总指挥的"三段论"

当年参加工程的人们，今天在回忆修渠岁月的时候，有最大的两点感受，一是艰苦，二是饥饿。

怎能不艰苦呢？ 1960 年，新中国成立只有 10 余个年头。别说是在偏远的太行山脉旁边的林县，即便是传统上以富庶闻名的西南"天府之国"和江南的"鱼米之乡"，多年的战争也已经把国人的家底折腾得差不多了。 而 1960 年，更是当代中国历史上最困难的时候。 衣食住行，哪一条，都只能用"凑合"两个字来形容。

红旗渠开始动工的时候，冬天还没过去，太行山上到处是积雪。 风一刮，寒风夹杂着雪粒扑打着人脸，刺骨般地疼。尽管平顺县群众帮着腾出了 200 多间房子——要知道，平顺全县当时的人口还不到 20 万人，红旗渠线经过的石城公社和王家庄公社，总人口还没有林县派到工地上民工的人数多——但对于分布在几十公里长渠线上的 3.7 万名民工来说，无异于杯水车薪。

自然，临近村庄的工地，也有幸运的民工，住进了当地人家里。 那实在是太好了。 房子也就是些石板房，不新，不高级，但足以藏身，足以挡雨，足以抵挡太行山寒夜里令人心悸的山风。 村民们一碗热汤，一句嘘寒问暖的话，更是足以消除这些汉子一天的疲劳。

但是，更多的民工是没有这样的条件的。

直到今天，我们还可以看到漳河北岸的崖壁上，分布着当年民工们所住的山洞（郭端飞摄）

　　刚到工地的时候，他们背着铁钎、大锤，带着衣服、鞋袜和被褥，经过了长途跋涉。天黑的时候，哪里有个崖洞，就拾掇拾掇，里边铺点草，软软的，就算是铺盖吧。

　　住在崖洞里，就算是比较"奢侈"了。至少，风吹不着，温度也会高点儿，然而也就仅仅是高一点点而已。还是冷啊。

　　如果工地附近没有崖洞，就支起来几个棚子，聊以挡挡山风，和衣躺下来。至于身子下面，是不是有点潮，是不是有点硬，哪能管得了那么多呢。一天下来，实在是太累了，把地上的石头、泥巴稍微一拾掇，铺上被褥就躺下来，被褥下面连草都没有铺。身子刚刚放平，睡意就开始急袭过来，刚刚盖好，便开始打呼噜。 有时候睡到了半夜三更，刮了大风，把顶棚都吹跑了，民工们睁一睁惺忪的眼睛，看见了满天星斗，可谁也管不了那么多了。 还是闭上眼睛，好好睡吧，安心地睡吧。 明天一大早，还要上工呢。

慢慢地，大家都有了自己的崖洞，冬天也过去了，按说，应该好多了吧。 可实际上，崖洞里冬天不好受，夏天的滋味也好不到哪儿去。 洞里不通风，又闷又热。 有的还漏水，一遇下雨天，外面大下，洞里小下。 外面雨停了，里面的雨水还在滴滴答答。 所以，抱着被褥打游击，是民工们常干的事儿。

住宿条件艰苦，也还可以强撑下去。 人毕竟有改善环境、适应环境的能力。 住在山洞，可以割点茅草铺在铺位下取暖；天气太冷，可以多穿件衣服，不管那衣服打了多少补丁；开山的工具不行，下来，不那么心急，一边开一边想办法。

没有伙房也不要紧，就用几块石头支起来，架上铁锅，到山上找些树枝和野草烧火煮饭。

粮食问题却是个大问题。

认真说来，林县的情况还算不错。 前几年兴修水利，粮食产量提高了些。 粮袋子还没到见底的时候。 另外，林县人对吃饭，本来也不太讲究，也没有办法讲究。 穷山恶水，三年两灾，收成本不会太好。 风调雨顺的年份，如果"多收了三五斗"，往往也会存起来，备不时之需。 他们的信条是，"宁购置什，不买吃食"。 也就是说，给家里购置点东西可以，能不买吃的，尽量不买。 谁要是到饭馆里吃饭破费，是要被当成败家子看的。 所以，在很长一段时间里，林县的饭馆，开的窗户很小，或者窗户上要挂个帘子——尽量不让食客曝光，给他们留点"隐私"。 林县人吃饭，往往吃的是大锅菜：把粉条、白菜、豆腐什么的，往一个大锅里一放，添上水，大火烧开，小火再炖一会儿，就成了。 馒头也蒸得大大的，有的比手里的碗还大，拿一个就能吃饱，不用重新到锅里取了。

但是，林县人对吃饭再不讲究，修渠的时候，吃饭问题依然是一个严重的问题。

问题严重，首先是因为有一个严重的背景：红旗渠开始修建的时候，正是共和国历史上最为严重的大饥荒发生的时候。

对于今天的年轻人来说，那几年的大饥荒，可能仅仅是一个影影绰绰的传说，一个无关疼痒的故事，和城市里令人眩晕的高楼无关，和明星见面会上刺耳的尖叫无关，和微信朋友圈里所念叨的"诗与远方"无关。

它自然说明了我们社会的进步。 不过，对于五十岁以上的人来说，那是最为深刻的生命记忆，是苦难生活给他们上的最惊心动魄的课程。

它也是共和国历史上最为敏感的部分，直到今天，还在历史的册页上隐隐作痛。

毕竟是饥荒年月，从城市到农村，从南方到北方，各地的粮食库存都在告急。

红旗渠工程开工的前三年，情况尤其严重。

村子里在吃大食堂。 民工上工地，除了自带工具，干粮也自己带。 自己带，并不是说需要多少，从家里背过去就行。 那时候讲究"一大二公"，自己家里是不允许私自藏粮食的——也没有多余的粮食私藏。 各个生产队都有自己的标准，定多少就是多少，跟单个民工的饭量没关系。

民工们刚来到工地的时候，路不通，有粮食也运不过来，只能靠带来的干粮充饥。 那么远的路，谁能背多少粮食？ 所以，干粮两三天就吃光了。

幸好，路慢慢通了，后勤慢慢搞上来了。 工地上有大锅了，有专门的炊事员了，《引漳入林动员令》也明确规定，若有不足，各生产队从储备粮里进行补助。 但储备粮毕竟有限，补也补不了多少。 所以，民工们的伙食，多的时候一天一斤多一点，少的时候只有几两。

这么少的粮食，可以做成什么样的饭，可想而知。 早饭，往往是能照见人脸的稀饭，筷子一搅，没有几粒粮食；午饭稍微好一点，也不过是把红薯片、玉米和糠碾碎后，加上水，和在一起，蒸成糠团；晚饭呢，多是稀汤里煮几片菜叶。到漳河里捞水草，到山上将树叶、挖野菜，补充粮食的不足就成了必须做的事。

春天野菜比较多，榆树叶、槐树叶吃起来都还行。

榆树叶最好吃，榆树皮、米谷菜也不错，好收拾，吃了以后没啥不良症状，算是野菜中的上品了。

柳树叶、椿树叶不太好，得泡上七天才能吃，吃了以后，容易肚胀、放屁、打嗝，肠胃不舒服，算是野菜中的中品。

棉花叶、桑树叶、鬼圪针苗更不好，无论你怎么泡、蒸、煮，吃了以后都容易头晕、恶心，甚至呕吐。 不是实在饿得

后勤保障工作人员历尽艰辛,常年坚持把修渠民工需要的生活用品送到工地(魏德忠摄)

受不了,没人愿意去吃那个。

夏天和秋天,可以吃到鲜红薯叶,算是比较幸运的。

容易下咽的东西捋完了,就随便爬到哪棵树上,树叶子一捋一麻袋。扛到伙房用开水把叶子上的苦味焯掉,然后一股脑地扔到锅里煮了吃。

工地上每天都要抡锤打钎运石头,哪个都不是轻巧活,体力消耗很厉害,这样的伙食,怎么能填饱肚子呢?

指挥部想各种各样的办法来解决民工们的吃饭问题。

他们听说周口的沈丘一带,当地人不吃红薯叶,因为煤价太高,有人烧火不用煤,而是把红薯干拿了烧火,就赶紧派人过去,到供销社大量收购。然后再派车拉回来,运到红旗渠工地上,让民工们吃。联系人家的时候,还不敢说是让人吃的。对方问起来买这些东西的用处,他们的回答是:给白酒厂买原料用的,剩下的酒糟,拿来喂猪。

这样的日子,不是一顿两顿,不是三天两天,而是红旗渠工地上的日常生活……

连县领导也不例外。

据红旗渠特等劳模任羊成回忆:

工程开工不久,一天早饭后,杨贵、李运宝等几位领导让他带路,到渠上看放炮的位置。没走多远,杨贵突然眯眼站着,不往前走了。问他怎么了,他说自己忽然什么也看不见了。大家知道,杨贵可能是饿昏了。随行的通信员把包里的干粮掰给他吃。吃了两三块,他才慢慢恢复了气力。他睁开眼睛,跟大家开玩笑:

"常听说饿死人,这就是饿死人吗?看来饿死也不难受!"

还有一次,任羊成来工地指挥部,见马有金在往杯子里放

马有金(右二)在工地同民工一起劳动(魏德忠摄)

什么东西。 任羊成以为老马在冲白糖水，端起杯子尝了一口。 不料那水咸得难以下咽。 原来，马有金往杯子里放的是盐，不是白糖。 任羊成问老马为什么喝盐水，马有金回答说：

　　喝盐水，容易渴；
　　渴了，就得喝水；

　　　　　　　　　　　　　　　　　中国红旗渠

喝水,就能把肚子撑饱……

好一个工地总指挥的"三段论"。 马有金就是用这个办法把肚子填饱的。

郝顺才的《红旗渠工地总指挥长马有金》一书还记载了这样一件事:

转业军人张永福长相奇特,人称"毛脸老张",在工地上担任总指挥部工交邮电股股长。 他个子高,饭量大,经常吃不饱。 有一次,他和工地总指挥部几个人到县城去,走到北关街时,见有一个小女孩在卖挂柿(柿子的一种,每个挂柿底端都有个盖子)。 他蹲下身子,拿一个便狼吞虎咽地吃起来。 小女孩看他长相"凶恶",怕他不给钱,赶紧用两只小胳膊盖住篮子。

> 有人光听说张永福是个大肚汉,今儿就想摸摸他的底,瞧瞧他到底能吃多少,就都过来帮他给小女孩讲情。
>
> 有的说:"永福,只要你能把人家的柿子吃完,我们就帮你说一说。"
>
> 有的对小女孩说:"你瞧我们这么多人,骗不了你。你说吧,一个多少钱?"
>
> …………
>
> "一角钱一个,反正俺是卖挂柿的,只要能给钱,不管是谁吃都中。"
>
> …………

张永福就开始吃了起来,只见他两只手一齐忙,这只手从篮子里往外拿,那只手往嘴里送……

眼看一荆篮子挂柿被他吃完了。

…………

从此以后,大家都知道张永福从来就没有吃饱过饭。①

张永福的故事,郝先生是当笑话讲的。 今天,我们却从中读出了心酸。 无论是所谓的县委书记、工程总指挥部政委、副县长、工地总指挥,都没有足够的粮食,普通民工更可想而知。

省委书记的饥饿体验

任羊成还讲述过一个故事:

有一次,省委书记刘建勋来到工地,看到我在崖壁上腰里吊着绳子一荡一荡地除险。当时他还没有听说过这项工作。他就问杨贵:"那是在干啥?"

杨贵说:"在除险。就是把山上的活石块全拨出来。"

刘建勋说:"让他回来了到指挥部。"

① 《红旗渠工地总指挥长马有金》,郝顺才著,河南人民出版社,2010年6月第1版,第151~152页。

中国红旗渠

我下来了，刘建勋和杨贵让我到指挥部吃饭。

通信员给刘建勋和杨贵端来两碗面条。看我过来了，就又去盛了一碗。

吃完了，我没吃饱。刘建勋说再端几碗来。

通信员就再去端，结果，食堂里没有面条了。不光没白面面条，白面馍也没有。但有黑馍，就是红薯面馍。通信员端了10个，又盛了两碗面汤。刘建勋把馍掰开一个，往面汤里一泡，对我说："你吃吧。"

10个吃完，又吃了10个。20个都吃完了，通信员又端了几个搁到桌子上。杨贵吃一个，刘建勋吃一个，还剩两个。刘建勋从口袋里掏出一张纸，把两个馍包了以后递给我说："装到口袋里，到工地再吃。"

我说："你俩在这儿说话，我得赶快走了。群众要上工，我得赶紧除险去。"

他说："中，那你走吧。"

我从房间出来，他给我装到口袋里。一出房间门，我掏出来就吃，到大门那儿，就吃完了。

刘建勋问："还没吃饱？"

我回头一看，俩书记在后面送我哩。

我说："差不多了。"

他说："你吃了多少啊？"

我说不知道啊。

杨贵说："吃5斤了，你还'差不多'了！"

那一天，我用的那条绳是280米，除险的时候，我感觉绳子很轻，往哪里荡悠都很轻松，像飞一样，一起来就到了半空。我还在崖上对着下面的马有金指挥长喊:"老马,上来吧,上面凉快。"他说:"你又捣蛋哩。"

我不是捣蛋,我是吃饱了,有劲了,有心情说笑了。①

---

① 此处文字根据作者对任羊成的采访录音整理。

第八章　匮乏年代

无 米 之 炊

2013 年冬天，我们沿着红旗渠线开车，从分水岭往渠首方向走。青年洞、鸻鹉崖、河口村、马塔村、王家庄……渠线上一个个标志性的地方慢慢出现在眼前。走的是省道 228、324。如果不算上开通没几年的高速公路，从林州到平顺县，这就是一条最好的路了。它在太行山里盘旋。一座座山峰往后退去。流淌了几千年的漳河一会儿出现在道路左边，一会儿出现在右边，一会儿在大山里消失得无影无踪。

而当年，这条道路不过是"崎岖樵径，车不能轨，马不能行"①的羊肠小道。

我们步行往回走。渠道一会儿消失在茫茫大山之中，一会儿又顽强地盘旋而出。当它被两座大山所夹的时候，它的两边是荒草、石头、荆棘和树木，连一条羊肠小道都没有。当它从山里盘出的时候，一边倚着怪石嶙峋的山腰，另一边是万丈深渊。

修渠需要大量的水泥、石头、炸药、粮食和蔬菜。几万人的施工队伍，排列在几十公里长的渠线上。光是粮食、蔬菜、烧的煤每天就需要15万公斤。这样的路况，怎么送得过去？

那就先修路。各个公社都组织了先遣队。分段包干，不分昼夜地干。逢山开路，遇水架桥。填峡谷，炸山头，一条简易的公路贯通了，交通问题算是勉强解决了。

有了公路，没有物资可送，任是巧妇，岂不还是无米之炊。

工程动工之初，林县县委一班人就知道得很清楚：引漳入林，要靠林县自己。虽然他们给地委打报告时，专门写上了"请示上级在经济、物资（钢材等）和技术上给予大力支持"一句话，但他们早就做好了自力更生的准备。工程上马不久，就专门成立了后勤指挥部，负责工地上的物资供应，由县长李贵担任指挥长。

做红旗渠工程后勤工作的，私下里传着一句话：天不怕，地不怕，就怕李贵打电话。

---

① 《林县志》，林县志编纂委员会编，河南人民出版社，1989年5月第1版，第320页。

中国红旗渠

铁锤和钢钎是工地上最常用的工具(魏德忠摄)

李贵，红旗渠工程后勤总指挥。 1913年出生于林县临淇镇，少年时在老家放羊。 后来成为地下交通员。 1944年到县委工作。 1956年至1965年，任林县县委副书记、县长。1976年逝世。 在当年林县的几位领导干部中，李贵年龄最大。

工程动工之初，李贵就向县委提出，到一线去。 他说：我是一县之长，既能指挥，又能干活，应该冲到前面。

杨贵劝他：你年纪大，身体又不好，还是留在后方抓后勤吧。现在是困难时期，物资紧缺，后勤供应跟不上，就会拖工程的后腿。

除了林县不缺人，太行山上不缺石头，几乎什么都缺。李贵怎能不着急。

民工刚一进驻工地，问题就来了：大冬天，几万人一起涌到渠线上，沿线老百姓腾出来的房子，根本不够住。不少人只好住在崖洞里、石窝子里。当然是打地铺。冰天雪地，寒风刺骨，岂能不冷。杨贵、李贵带头，把家里的席子捐出来，送到工地上让民工用。他们带了头，机关干部也纷纷行动，把自己家的席子捐了出来。还是不够。李贵又来到盛产芦席的泽下公社，他和村民商量，让他们抓紧时间编一批篾子细、缝眼小的席子。这种席子铺地上能隔潮，搭帐篷不漏雨，装粮食不漏面，还透气，给工地上解决了大问题。

炸药是红旗渠工程所有物资供应中最重要的一个。几乎每天都要开山，只要开山就需要大量的炸药。可哪有那么多的炸药可买。李贵急得有一次在会上说："谁要能购回 100 吨炸药，就给他挂一块匾。"

买 100 吨炸药的任务安排给了采购员岳茂林。岳茂林后来回忆：

> 接到任务后，我首先想到的就是从何处找突破口——应该去找谁。我将大家提供的线索进行了排队、筛选，决定先去找北京市电业局局长宋海（曾任林县县长）。

在北京,我见到了宋海,向他汇报了林县的情况,请他解决一部分炸药。

宋海说:"这个问题我解决不了。不过,我可以给你介绍一个人。解放军总后勤部有位姓唐的部长,也在林县工作过。部队使用炸药比较多,你可以去找找他,看他能不能给你们解决一部分。"

于是,我就带着中共林县县委的介绍信去找到唐部长,并说:"战争年代你在林县工作过,很清楚那里是十分干旱的穷山区。县委为了彻底解决全县干旱缺水的问题,决定修建引漳入林工程。现在工程已经动工,需要很多炸药,想请你帮助解决一部分。"唐部长说:"我在林县工作过,知道那里的情况。林县的群众吃水十分困难,这个问题亟待解决。你说需要多少吧?"我怕说多了不好解决,就说:"100吨吧!"唐部长说:"多了不行,100吨还可以。"

唐部长当即写了一封信,将炸药批到了湖北,导火线、雷管批到了河北承德。我办好手续后,县供销社就从东姚供销社抽调赵启和前往湖北,负责押运炸药;又从横水供销社抽调郭元林前往河北承德,负责押运雷管和导火线。

后来,我又去找过唐部长一次,他又批给了100吨炸药(也带有雷管和导火线)给我。有了这200吨炸药和雷管、导火线,再加上民工们用硝酸铵等原料自制的土炸药,红旗渠建设中的开山放炮问题终于解决了。①

当年的中国，计划经济体系已经基本建立，重要的生产资料由国家统一分配。引漳入林工程一开始由于没能列入国家基本建设项目（1963 年底得以列入），其所需物资就没有"指标"。林县人，只能用最传统的手段，通过老乡、亲友关系，北上南下，四处动用"人情"找货源。仅仅岳茂林自己，据他回忆，除了台港澳、西藏，全国的其他地方他都去采购过物资。物资供应难度之大，可见一斑。

1961 年 6 月，河南省委将洛阳地区一个水库下马后留下的一批炸药、雷管批转给林县，供红旗渠工程使用。李贵迅速组织起一个数百人的小推车队伍，冒着大雨，翻山越岭，将炸药、雷管运到洛阳火车站。刚喘了一口气，接到上级通知，说洛阳车站有外宾通过，车站 1.5 公里内不准堆放易燃易爆物品。

"贵"为县长，此时此刻也只能徒唤奈何。

李贵带领民工，连夜加班，将炸药、雷管搬离了火车站。

这堆"易燃易爆危险品"，运回去就能派上大用场，在火车站就这么"不受待见"，李贵觉得，不能把它再堆在车站了，必须自己想办法组织运输。

他组织起由几百辆小推车、马车、拖拉机组成的运输队，搞起了运输。花了几个月，才把 500 吨炸药、200 万个雷管运回林县。

---

① 《忆红旗渠建设中的后勤供应工作》，岳茂林口述，郝顺才执笔。见《河南文史资料》，总第 109 辑，第 192~193 页。

开山，需要消耗大量的钢钎。钢钎是工地上最常用的工具，民工们要拿它劈石头、撬石头、凿石头。"大炼钢铁"时，林县也有很多炼钢炉，可根本没炼出像样的钢铁，到了修红旗渠时，别说买钢钎，连个大锤都很难买到。工地后勤的同志们琢磨来、琢磨去，一筹莫展，不知道什么地方可以搞到钢钎。

忽然有一天，县委书记处书记李运宝想起来一回事：林县以前的县委书记董万里，现在到安阳钢铁厂当领导了，找老董，也许有办法？

年轻的李运宝非常兴奋。说干就干，他马上骑上自行车，来到安阳。林县到安阳，六七十公里，他两个小时就赶到了。

李运宝告诉老董，它们要用钢钎，要买 800 吨钢材。

老董当然很支持李运宝，可是他犯了难。他说，林县要买的钢材太多了，他的权限，只能批 50 吨以下，再多，他也爱莫能助。

李运宝不愧是个聪明的年轻人。他脑子一转，脱口而出：老书记，你多批几张条子不就行了吗？

老董一听，笑了：运宝，你可真会想办法！

一看这情况，李运宝觉得有门儿。他趁热打铁：老书记，我们实在没办法，到处买不到钢材，可渠不能不修呀。谁让你当过林县的书记呢，还是支持支持吧。

老董拿出纸和笔，一会儿工夫，开出七八张不同日期的条子交给李运宝。

这下子可把李运宝乐坏了……

人的潜力是无法估量的

买，没处买。 能买到，也没那么多钱。 有一点钱，也想省下来。 花钱的地方实在太多了。

工程动工后 20 多天，在盘阳召开的中共林县引漳入林委员会扩大会议上，杨贵说过这样一段话：

"我们要清楚，单纯依赖国家是不行的。 我们还要懂得全国富强是由各省搞好生产组成的，全省生产搞好，是由各专区、各县搞好生产组成的，如果都要依赖国家，国家的粮、钱从哪里来呢？"

他还说："有些同志说，'你们既想吃烂肉，又想省柴火，哪有这样便宜的事'。 请同志们好好想想，我们要吃烂肉，就太浪费烧柴，那样谁都可以把肉煮烂，何必再贯彻节约呢？我看还是要坚持'既得吃烂肉，又得省柴火'的要求吧。"

所以，在林县人后来关于红旗渠的回忆录中，我们看到这样的文字就一点也不奇怪了：

抬杠断了改做镐把，镐把断了做锤把（炮锤、手锤），锤把断了当柴烧石灰。抬筐、车篓用量大，易砸坏，新的就用铁丝、旧车带包边兜底，用破了再修编，直到用烂后，当柴烧石灰。钢钎用短了改制撬杠（手撬），撬杠短了改手钻，手钻短了加工钢寨。炮锤、手锤用坏了加工上顶，不能复修的炮锤改手锤，不能用的手锤制作钢寨。洋镐、镢头坏了自己修,用废了再加工成炮锤和瓦刀、勺浆匙。①

这不是谁事先安排好的"节约计划",它是红旗渠人在年复一年的劳作中总结出来的。 它不是靠某一个人的大脑,它靠的是几十万林县人的双手,慢慢摸索出来的。

修渠用的很多材料都是他们自制的。

开山的炸药,他们想了很多办法,买回了一些,但工程进度越来越快,炸药供应不上,他们学会了自制炸药。 买来硝酸钾或硝酸铵,配好柴秆、硫黄或锯末、谷糠,碾碎、烘干……黑火药或黄火药就配成了。 自己配制的炸药,价格只有买来炸药的四分之一。

砌石头要用很多石灰。 没有石灰,石头就不能粘在一起。 林县人虽然几千年前就会烧石灰了,但以前都是小打小闹,用小石灰窑烧制,浪费煤,产量低。 窑是固定的,不能移位置,烧成的石灰往前方运,耗时又费力。 他们发明了一种"无窑堆石烧灰法",不需要石灰窑,露天找一片地方,垒一层石灰石,夹一层煤,一层一层垒上去,能垒三四米高。封好泥,点火,慢慢烧,七八天过去,石头就变成石灰。 这种烧制法,质量不错,产量也高,最多的,一次能烧制 2000 吨……

人的潜力是无法估量的。

艰难的环境,要么使人丧失奋争的勇气,要么反过来激发

---

① 《林州水利史》,河南省林州市水利史编纂委员会编,河南人民出版社,2005 年 6 月第 1 版,第 233 页。

人的能量。

匮乏岁月，林县人没有低头。一群"土包子"，不仅塑造了太行山上新的风景，更是浇灌出了智慧的花朵。

有一个故事发生在采桑公社。

采桑公社负责著名的桃园渡桥的施工。它位于红旗渠第一干渠桃园村附近，横跨桃园河，故称桃园渡桥。

桃园渡桥有 100 米长、6 米宽，最高处 24 米。

这样的技术参数，对于现在的施工队伍来说，也不是一件容易的事。毕竟，它的施工环境可以称得上恶劣，施工者的身份标签是农民，只有一双手、一把瓦刀和一堆太行山上采集的石头。

桃园渡桥 24 米高，这意味着施工队伍要在 24 米的高处凌空作业。高空作业的一个必备条件是要有脚手架和拱券。这一切，全凭木头来支撑。

简单地说，桃园渡桥必须有一大批 8 米以上高度的木头，搭几层架子，用架子支撑着人、支撑着桥洞来施工。

林县虽然是山区，不缺木材，可这么多的长木头，一时半会儿也难以弄到。

所以，总指挥部早早地就提醒采桑公社：好好算账，能省则省，不能耍小心眼，不能狮子大开口，这样的木料缺着呢。

采桑公社分指挥部指挥长叫郭增堂。

郭增堂，林县东姚镇南岗村人。1909 年生，1961 年 11 月参加红旗渠总干渠施工。他担任采桑公社分指挥部指挥长，4 年未离开工地，直到 1966 年三条干渠建成通水。采桑

红旗渠上 150 多座渡槽就是这样架起来的(魏德忠摄)

公社分指挥部获红旗渠建设"特等模范单位"称号，郭增堂被评为特等模范。

别说有马有金提醒，即使没有提醒，郭增堂他们也从不会大手大脚。采桑公社"会过日子"早就出了名。无论干哪一段工程，也无论干哪种活儿，从不多领材料。郭增堂经常讲：只要是能用钢钎撬下来的石头，决不用炸药炸；抬筐烂了，只要能修补，决不领新的。节约下来的，都要交总指挥部。当年开凿凤凰山盘阳洞时，洞很深，里面没有光线，点灯的话，烟雾太大，民工熏得咳嗽、流泪，不能干活儿，后来，有人想起来，用镜子反射太阳光，往洞里照，既省油，又解决了照明问题。

在桃园渡桥工地上，郭增堂和技术员秦永禄认真地算了一笔账，想要顺利完工，得 2000 根以上的木头。县里即便不提醒他们，他们也不能浪费。但再怎么省，恐怕也不能少于 1800 根。再少，这活儿就没法干了。

总指挥部告诉他们：只有 1000 根木头。还有个附加条件，这些木头是借用，不能锯断，不能用钉子钉，等施工结束，木头还都得完好无损地还到县里——它们还有别的用处。

郭增堂犯难了。他默不作声，一连几天都在考虑这个问题怎么解决。

他召集施工队全体人员开会。说：

> 买一根 8 米长的木杆，要从安阳运到这里，原价加运费是 80 元一根，咱少用 1000 根木杆，就是 8 万元，这些钱能买多少粮食啊！能买 80 万斤！够咱全县人民吃一天啊！①

问题留给采桑公社的全体技术人员、民工。大家一起动脑筋、想办法。

终于，技术员秦永禄告诉老郭，他们想出一点门道：参考农村盖房时"上梁"的办法，下面不用木头，用石头支撑，上面用一根通梁。

---

① 《红旗渠工地总指挥长马有金》，郝顺才著，河南人民出版社，2010 年 6 月第 1 版，第 251 页。

这位农民技术员叫路银。谁能想到，红旗渠数百公里的
渠线，大部分都是路银他们用洗脸盆、麻绳和皮尺测量出来
的（魏德忠摄）

也就是说，24 米高的脚手架，下面用石头垒的柱子而不是
用木头来支撑，木头主要用在上面撑券架、桥洞。

郭增堂一听，大喜，马上组织民工搞试验。

几天后，试验成功了……

几个月后，"槽下走洪水，槽中过渠水，槽上能行车"的
桃园渡桥建成了，林县建筑史上填补空白的"简易拱架法"诞

生了。县里的木料，1000 根都没有用完……

施工中，他们还摸索着发明出了前所未有的"土吊车"：

把一根水桶粗的木杆栽到地上作为立杆，再找一根碗口粗的木杆作为横杆，把横杆的中部绑到立杆上端。横杆最前端捆上铁绳，备运石头；安上铁钩，备运水泥。后端由民工用手操作。捆一条粗麻绳，由 10 多人同时用力拉拽。运料时，前端用铁绳或者铁钩固定好，然后，人们同时用猛力往下拽绳子，物料就游到渠墙上了。

每次运东西时，一人先喊："起！"其他人一齐喊："起！"横杆缓缓上升。等到所运物料快到目的地时，为了防止发生事故，所有操作者的眼睛都死盯物料，高喊"起！起！"待物料到达渠墙时，再喊"松！松！"游杆的前端徐徐落地。一次运送工作就完成了。

不用时，让前端落到地上，后端高高地翘起来，保证安全。

这种吊车，给工程节约了大量人力，大的工地施工时，往往有几十架这样的土吊车在空中游来游去，很是壮观，民工们叫它"老雕""游龙"。①

类似的尝试，类似的成功，在将近 10 年的施工过程中还有很多。似乎很难理解、不可思议，但它是事实。这群山里汉子，在匮乏岁月，用最简单的工具，用他们自己想出来的

---

① 此处参考了张艾平《1949—1965 年河南农田水利评析》一文。河南大学硕士研究生学位论文，2007 年 5 月。

红旗渠修建过程中,驻地解放军常常来帮助施工(魏德忠摄)

　　"土办法",解决了一个又一个难题,创造了一个又一个人间奇迹。 我想,它不仅意味着林县的成功、红旗渠的成功,更意味着中国人精神意志的成功。

第九章　千古艰难唯一死

生 死 之 间

人总是要面对生死。

生与死，本是一个自然的过程，无可选择、不必选择，如同四季轮替、岁月流转，听凭安排就是了。

但是，自从自然的人变成社会的人，自从人类的文明之光驱散了蒙昧的黑暗之夜，人就时不时地要面对生与死的抉择。

死是容易的。死神一瞬间就可以剥夺一个人的生命；而选择直面死亡，明知有可能遭遇死神还要迎难而上，却是艰难的。趋利避害，是人的天性。

那么，面对危难，是迎头而上还是逃之夭夭，自然而然地成为一个巨大的问题。

"千古艰难唯一死。"中国古人的诗句，道尽了选择的艰难。

红旗渠工地上的第一次死亡事件发生在总干渠上的王家庄工地。

今日王家庄。当年，施工人员在这里遭受了巨大考验（郭端飞摄）

王家庄是山西平顺的一个山村，村子建在大山的山腰，全村大部分人家都居住在下方。上方只有一座三间的民房。渠线想要穿过去，必须在山上打一个隧洞。住在隧洞上方的王家庄村民担心下面的隧洞影响房子的安全；住在下方的村民则担心将来隧洞一旦决口，渠水就会冲毁他们的房子。所以，

吴祖太。他是工地上唯一受过专业教育的水利技术员。他的牺牲,让林县人极为痛心

隧洞的设计施工,要非常慎重。

刚设计时,隧道是单孔。 为了保证村子百分之百的安全,总指挥部年轻的技术员吴祖太费了一番功夫,将隧洞由单孔改成了双孔。 这样一来,洞口变窄了,跨度变小了,隧洞更结实了。

1960 年 3 月 28 日,民工们收工回来时,告诉吴祖太:隧洞的土壁上出现了裂缝。 吴祖太一听,连饭都顾不上吃,就同姚村卫生院院长李茂德一起去查看情况。 刚刚进入隧洞,就遭遇了塌方,轰隆一声巨响,大地颤抖了一下,吴祖太和李茂德都没能活着走出来……

这位年轻的技术员,杨贵非常器重。 要知道,当年的林县农村，和全国一样，上完初中，就算有文化的人，能够上完高中，就可以被视为知识分子了，所以，当年参与红旗渠工程施工的，大多是抡锤打钎的民工，技术人员少之又少，科班出身的，仅吴祖太一个。

吴祖太是原阳县人，是父母最小的孩子，也是唯一的儿子。父母给他取名太运，后来才改为祖太——应该是蕴含了对他未来生活的深深祝福吧。

但是，人生的艰辛，并不会因父母的爱而能够避免。吴祖太短短的一生，和水，关系如此密切：因水而举家迁徙、卖水来讨生活，最终，牺牲在引水的工地上。

原阳就在黄河北边，紧临黄河。几千年来，黄河，像一条黄色的带子，从原阳的南部飘过，给原阳带来福祉，也时时地带来灾难。

吴祖太六七岁的时候，家乡遭了洪灾。一连几天，上游来水滔滔，洪峰不断，这里的黄河巨浪翻滚，水势骇人。最终，河水突破了堤坝脆弱的防守，吼叫着冲向原阳的土地，大片的庄稼被吞噬，大片的房屋被摧毁。当洪水退去，大地一片狼藉，家园面目全非，大自然的无情，以如此残酷的方式展现出来……

吴祖太只能和家人一起，来到一河之隔的郑州讨生活。起初，父亲在一个小饭馆里打工，后来，慢慢安定下来，就带着吴祖太沿街卖水。无论是数九寒天，还是炎炎盛夏，一老一小，一人推车，一人拉绳，穿行在老郑州窄窄的巷子里……

也许是因为少年时代吃了太多的苦，后来，对于生活，才格外珍重，而面对生活的重压，也更加从容——当年，红旗渠工地上那些县里的领导、乡下的民工，男男女女，老老少少，有谁不是这样呢？

父母省吃俭用，供吴祖太读书。吴祖太清楚地知道父母的不易和全家人对他的期望。他很用功，成绩一直不错。后来，他考上了黄河水利学校，毕业后，成为一名水利工程技术员。

修红旗渠，吴祖太是立了大功的。

当初，县委书记杨贵带队到山西找水源的时候，吴祖太就参加了。那时候，他和杨贵一起，背着干粮，带着皮尺，沿着漳河，起早贪黑地走，边走边看、边量。年轻的吴祖太，有时候要穿过漳河，到对岸看地形，有时候腰里系着绳子，吊在悬崖峭壁上布置观测点。他是第一批走到红旗渠源、确定红旗渠引水点的几个关键人员之一。回到林县后，他就钻到屋子里，没日没夜地翻资料、画图，短短几个月，为红旗渠设计出了初步的施工方案。当杨贵不无担心地问他，这个方案有把握没有？他给了杨贵坚定而明确的问答：有把握。

没有吴祖太的施工方案，林县县委怎能有底气上马这么大的工程？

吴祖太还设计出了林县人非常自豪的一个活儿：空心坝。所谓空心坝，从外观看来，与一般的拦水坝也没有什么不同。不一样的是，坝是空心的，里面可以流水。它解决的是渠道与河流交叉时的引水问题。今天的人们，面对已经修成半个世纪多的空心坝，也许会觉得，它就那么回事儿，看起来也不需要多少奇思妙想，但可解决了大难题：修明渠吧，如果河里发大水，渠道就妨碍泄洪；挖涵洞吧，那得多花多少钱买钢筋水泥才行。 当年，吴祖太设计的空心坝，可是哪本书上都查不到的……

吴祖太个子高，饭量大，经常在山里爬上爬下搞测量，县委书记杨贵心疼他们，有一次专门让人蒸了肉包子，让他们好好吃一顿。 看着他狼吞虎咽的样子，杨贵既心疼，又想笑，问吴祖太：你吃了几个？ 吴祖太腼腆地回答：七个。 话还没说完，脸就红了……

现在，年轻的吴祖太，静静地躺着。 他的身体上，沾满了太行山的石头和泥土。 他的笑声似乎还响在人们的耳畔，他的身影还闪现在人们的眼前，但是，他再也不能发出声音了。

去世的这一年，吴祖太刚刚 27 岁。 一个外乡人，就这样为了红旗渠建设离开了人间。 林县人永远怀念吴祖太。 他的遗体是由他的好朋友、林县一位叫刘合锁的干部护送回原阳老家的。 之后的岁月，刘合锁把吴祖太的母亲当成自己的母亲，逢年过节，都要到原阳去看望她。 吴祖太的母亲、刘合锁先后去世之后，吴刘两家仍然保持着密切的联系。

也是在王家庄工地上，后来被评为红旗渠建设特等劳模的李改云遭遇了一生中最大的命运变故。

当时，工程开工只有十来天。

那天，临近中午。 李改云收拾好手里的工具，抬腿往食堂那里走。

在工地上，她是妇女营长，不光要组织大家干活，自己也和大家一样干活。 她日常的工作状态是，一只手拿个铁钎，看见哪里活赶不上，就赶紧帮着干，另一只手拿个话筒，不时地吆喝一声"注意安全"——山上有人干活，下面也有人干活、走路，万一石头掉下来，下面的人一个不小心，就会出事。

人们的干劲很大。虽然说该吃饭了，有十几个人还是歇不下手。李改云加入他们的队伍，一起干了一会儿。时间不早了，她一边让大家一起去吃饭，一边心想，慢慢地走着，再招呼一下其他人。

就在这时候，她听见头顶上有什么东西滚下来了——不是直接掉下来，是滚下来的。抬头一看，山上裂开好大一条缝，大大小小的石头和土块扑簌簌地往下骨碌，而那一大块山体，已经开始要塌下来。

她赶紧大喊：快跑快跑，石头要掉下来了。

听到李改云的喊声，人们扔了工具，赶紧往两边散开。

只有一个叫郭焕珍的小姑娘站在那儿不动——她被吓蒙了。

李改云啥也顾不上了，她把手里的东西一扔，唰唰往前跑。跑到小姑娘旁边，猛一扑，把她扑到一边。

这时候，山上的东西"哗"一声掉下来了。李改云和那一大块山体，一下子全都掉到崖下去了。

被吓蒙的郭焕珍呆呆地站着，脚步一动也不能动。

人们围了过来，纷纷往山下看李改云在哪里。

哪里能看得到！李改云被那块山体埋着了。

人们飞快到绕到山崖下，把李改云刨了出来。他们连午饭都没有吃，用一副担架，把李改云抬下山，送到工地总指挥部设在盘阳的医院。

到盘阳时，天已经黑了。

医生看到的那条腿血肉模糊。他给出的建议是，把腿锯掉。

这件事，谁也不敢做主。就请示指挥部。指挥部的领导回复说，治疗李改云的腿，用啥药，指挥部都可以当家，要锯腿，这个家当不了。

又往县里给县委书记杨贵打电话。杨贵说，腿不能锯，只能治。要人，也要腿。不能保不住命，也得保住腿……

李改云昏迷了六七天后，醒过来了。她心里难受得很，气都上不来。她想，自己是活不成了，就对旁边的一个党员说："我要是死了，你们一定要把渠修好。修好后把水带回来。我在信用社存有十块钱，你帮我记住，将来你替我把党费交了……"

本来，她还想交代第三件事，可实在没有力气，又昏睡着了过去。

等她再次醒来时，就有人问她："改云，你还记不记得你交代了几件事？"

李改云说："我记得，交代了两件。还有第三件事。来工地之前我向老支书表态说，渠，我一定要修好，把水带回林县，亲自带回去，要不带回水，我就不回来。但现在看起来我是不行了。我死了，就把我埋到渠上。我要看着水往林县流，往家乡流……"

李改云在工地医院住了两个月后，在县委的协调下，省里派了架直升机来，把她从林县接上，直接送到郑州的河南医学院。

直到今天，李改云还清晰地记得："来到郑州，我还一直挂念着修渠。我想着赶快治好，还得回去，渠上还有我们的人哩。去的时候我带了二三百人，后来又有人过去。我走了以后也不知道那里的情况怎么样。后来我知道，我走了以后，我们大队的一个男队长到工地上，领着大家干活。他们隔一段时间就到郑州看看我，给我说说渠上的情况。我在郑州住院，一直住到1961年，住了一年多。李运宝副县长去医院看病，也来看我，我就硬磨着他，让他给医院说说，让我回林县，到渠上看看。后来，说好了，请了假，回到林县。"

她拄着拐，去看工地。这时候的渠已经修到林县，工地也不在山西，挪到林县了。李改云心里很高兴，可也有些遗憾——没有亲自把水带回林县。

在工地上，人们跟开朗的李改云开着玩笑："改云，能不能还在这儿干？"

李改云说："能干啊。"

"拄着两个棍，还能干活？就你能！"他们说。

那次事故给李改云留下了终身残疾。今天的她，受伤的那腿明显比另一条腿细，也短一些。伤处有炎症，常常会流出黏黏的黄水，几十年来都是这样。一到冬天，腿还会冻伤，她就把它包起来。我去参访她之前几个月，市里带她去北京看病，跑了好几个大医院，领导上想着，这腿植一植皮也许就好了。李改云说：不能植，我已经这么大岁数了，植皮也长不住了。北京的专家对她说：你想的和我们想的一样，年龄大了，本身就有病，不好恢复。市里还要带她到别的医院看，她说，不要去了，已经花国家不少钱了⋯⋯

我问李改云："当年修红旗渠付出那么大的代价，您现在怎么想的？"

她说："腿的事，这么多年了，早放到一边了。 上次去北京治过病以后，受伤的地方不流水了。 我还有肝脏方面的病，在北京，领导让我去 302 医院检查了一下，检查完不放心，又到 301 医院。 301 医院一般人住不上，我去住了四五天，检查了一遍。 我现在没一点遗憾了，死了也不遗憾了。301 医院咱都住了，咱还能咋的⋯⋯况且都这么大岁数了。"

最危险的工地

红旗渠最危险的施工是在鸻鹉崖工地上。

鸻鹉崖工地位于林县与平顺县交界处。 这段工地由谷堆寺、鸡冠山、鸻鹉崖组成，一边是陡峭的悬崖，直直地竖向天空；一边是滔滔漳河水，从脚下滚滚流淌。 当地人这样形容它：

> 鸻鹉崖，
> 鬼门关，
> 上面接青天，
> 下面是深潭。
> 猴子不敢上，
> 禽鸟不敢攀。

一点也不夸张。直到今天，鸻鹉崖依然保持着它一如既往的艰险。今天的人们从崖边走过，依然得小心谨慎。一不小心踩空了，掉到红旗渠里还不当紧，掉到崖下，非得摔个粉身碎骨不可。

施工时，民工们在崖顶打上钢钎，把绳子在腰里系好后拴在钢钎上固定，然后沿着山体往下滑。打几十个炮眼，装上炸药，点炮。一声巨响，鸻鹉崖被生生地劈下了一大块。这一大块原来所占据的位置就成了渠道的基础。

人在下面干活，却不知道上面仍然有危险——实际上，这种危险很难提前预料——炮声响过之后，崖上的土石纷纷往下掉，掉一阵子就停了，有一些石头却摇摇欲坠犹未坠，它们还没有失去最后一点点的平衡。但是，也许是远处的一声炮响，也许是山下一阵铁锤敲击钢钎的声音，就足以让它们找不到那最后的平衡了。石头会在人们根本无法预知的情况下掉下来。狭窄的工作面上，民工们往往挤在一起，一旦它落入人群，后果就是灾难性的。

1960 年 5 月 10 日，城关公社东街连的四名男青年在这里打炮眼。炮眼很大，直径 1 米，得装几千斤炸药。如此大的炮眼，想要打成，需要不断地打成小炮眼后放炮，把石碴清出后再放炮。打到 4 米左右放小炮的时候，惨剧发生了。

当时，为了赶工，他们没等爆炸产生的烟雾散尽就急着往下进行。三位青年——张文德、杨黑丑、苏福财一个一个地跳了下去。烟雾弥漫。他们一开始还在说着话，一会儿就没了声音。三位年轻人，最大的才 24 岁，就这样被鸻鹉崖吞噬了生命。

祸不单行。 惨剧过去之后还不到一个月，又一场事故发生了。

那是 6 月 7 日，城关公社逆河头连 28 岁的炮手余长增往炮眼里装炸药。 一开始，他用手捧，装了一会儿，他嫌手捧得太慢，就改用铁锨去铲。 谁知道用力稍大，铁锨与石头不小心撞出了火星，"轰"一下引燃了火药。 一声巨响，余长增被一个巨大的火团吞没了。 他被烧得像一团焦炭。 由于伤势过重，医疗条件又差，28 岁的他次日夜里就停止了呼吸。

鸻鹉崖下最大的一场惨剧，发生在 1960 年 6 月 12 日。这次惨剧，造成 9 人死亡、3 人重伤。

当时，由于工作面过于狭小，施工队伍分成两班。 一班干活时，另一班休息。 上午 9 点，工地安全员发现，休息的那班人坐在作业面的石头下乘凉，觉得那样不安全，就让他们赶紧离开。 就在这个时候，山崖上一块大石头掉了下来，砸向正在下面施工的人群。 它先是直直地砸下来，摔碎了，由于离地面太高，碎石又弹起来，落下去，接着砸向人群。

九死三重伤的惨剧，就这样发生了。

真是祸从天降啊！ 这些忍受着万般艰难的民工，他们在艰苦的生活劳动面前没有退缩，在酷热严寒时刻没有停歇，在各种凶险面前毫不畏惧，可是，谁能想到，竟然在休息乘凉的时候祸从天降，瞬间丢失了性命，也把巨大的苦痛和困惑留给了活着的人们。

死者中，有一名女青年，是新婚不久就报名来到修渠工地的。

人命关天。 何况还是好多条命。 杨贵和总指挥部的几位领导火速赶到事故现场。 工地上哭声一片。 他们不由得也悲痛失声，泪如雨下……

人们强忍住悲痛，埋葬死者，安抚伤者，安置他们的家属。 但是，伤痕，一时间难以抚平，工地上陷入了恐惧。 民工们之中，流传着各种迷信的说法："放炮惹恼了鸻鹉精，它现在要出来报仇了！""还有更大的事在后头呢。"……大部分民工毕竟没读过什么书，这种说法，他们是宁可信其有。 有一次，几个民工在工地上走，听到山里传来一阵响声，以为发生了什么事，掉头就跑。 结果，其中一位不小心掉下山崖，经过几天的抢救才保住了一条命。

工地总指挥部感到压力很大。 开工以来，还没有这么严重的事故。 它发生了，先不说怎么继续施工，让大家恢复信心都是个难题。

惨痛的教训，让红旗渠人冷静下来。 太行山的凶险，超出想象，工地上不能有任何麻痹。 任何侥幸，都可能带来灾难性的后果。

指挥部决定，暂停施工，让城关公社先撤出工地。

鸻鹉崖上一度沉寂下来。

但是，工程还得继续，鸻鹉崖必须征服。

指挥部开会反复商量，最后下了决心：组织"突击队"，在鸻鹉崖进行一次大会战。

各个公社最精干的队伍聚到了一起。 他们把自己的铺盖、工具都搬了过来。 人很多，没有房子，老办法——在山腰挖洞，在山沟里搭起棚子。 ——直到今天，鸻鹉崖对面、漳河之北的山体上还排列着民工们当年住过的山洞遗址。它们上面没有树木遮挡，也没有突起的山体庇护。它们完全暴露在天空之下，向人们无言地诉说着当年的艰辛。

红旗渠工地上最著名的劳模任羊成就是这时候广为人知的。

俄罗斯作家阿·托尔斯泰在他那部著名的小说《苦难的历程》中说："在清水里泡三遍，在盐水里煮三遍，在苦水里浸三遍。"他是在形容俄罗斯知识分子的人生与思想的艰难蜕变。我想，用这句话来形容任羊成，也完全是合适的。

任羊成出生于一个有七个孩子的大家庭。他是最小的第七个孩子。一来到这个世界，便面临着巨大的生存问题。孩子多，没钱，家里吃饭都成为难题，家人一度把他送了人。可那户人家也不富裕，没养几天便感受到了窘迫：这孩子又瘦又小，身体也不好，谁知道能不能养得活。能养活还好，养不活的话，岂不是白费粮食？不久，人家把他又送了回来。母亲没奶水，但父亲和大哥家养的羊里，正好有母羊刚刚下了羊羔，试着让他喝羊奶。小任羊成饿得饥肠辘辘，衔着母羊的奶头就喝了起来。父母见状，高兴极了。从此后就常常带孩子去喝羊奶。该起名字的时候，父亲说，这孩子命大，是喝羊奶活下来的，干脆，就叫羊成吧。

从此，任羊成这几个字，就陪伴着这个孩子了。

也许，人之一生，谁都不会希望经历困苦与艰难。对于任羊成来说，那么多的艰难是命定的，是无可选择的。可也正是种种艰难，后来，成为巨大的财富，滋养了他，成就了他，让他在成人之后，爆发出远超一般人所能拥有的能量，从而书写了一个北中国农民光彩动人的人生。

在红旗渠工地上，任羊成本来是个炮手，整日在大山上打眼放炮。工地出事之后，指挥部组织了一个十二人组成的除险队，任羊成是队长。

他带领着这些年轻人，腰系绳索，手里拿着铁钩，从崖顶垂直降落下来，在山体上，把所有松动的石头梳头一样篦一遍，用铁钩把他们挖下来。落石可能造成的危险就排除了。没有落石，民工在下面就可以放心大胆地干活了。

任羊成后来这样回忆除险时的情况：

> 除险需要三人一组，一人负责把绳，一人下崖除险，一人在地面指挥，哪个任务都不轻松。我的任务是下崖除险。我拴好绳子，手执一根两米长的木杆，背插钢钎、铁锤等工具，下到半空中，四面不挨，人像捻捻转儿似的直转圈儿，转得我头晕目眩。摸索了一会儿，我慢慢找到了窍门，情况才有所好转。我用铁钩子钩住崖壁，用钢钎别石头。
>
> 下崖除险者和在崖上把绳者需配合默契：我喊声"呜儿——"，把绳者就松绳；再喊声"呜儿——"，把绳者就将绳固定。如此交替进行。我刚干了没多大会儿，抬起头来想向上喊"呜儿——"（让把绳者松绳）时，不料一块比鸡蛋略大的石头从空中掉了下来，当的一声正好砸在我的上嘴唇上，当即把我砸昏了。我醒来后，只觉得满脸胀痛，想向上喊可怎么也喊不出声。

原来，我的四颗门牙被砸倒，把舌头压住了。我想用手把倒下来的牙拽掉，可是抠不住。我只得拿出随身带的钳子，伸进嘴里，把其中的三颗牙拔掉。一颗牙掉了都要出血，掉三颗牙出血自然不会少。我一连吐了好几口血。

因为这件事，还闹出了笑话。当我身贴崖壁拔牙时，我们邻村的一个民工赶着汽马车正好从鸹鹚崖下经过。看见我不动了，他就对其他民工说："他一定死到那儿了，好像连头都没了。"这话传来传去，传到了我村。村里人背着我的家人三三两两地议论，说我死了，连头都没了。后来，还是通过亲戚之口，我家人才得知这个消息。我的几个哥哥急忙给我做棺材，嫂子们扯布给我做寿衣，忙得不可开交，只是瞒着我母亲一个人……①

牙掉了，饭吃不成，汤喝不成，嘴肿着，任羊成不想让别人看见，否则就上不了工地了。他戴着口罩挡着。有人问：羊成，为啥戴着口罩？任羊成说：风太大，吹得牙疼。

以后好一段时间，他都一直戴着口罩去除险。

鸹鹚崖工地，5000名民工驻扎了50多天才撤出。此时，落石已经清除完毕，渠底已经清理出来，渠墙也已垒了起来。红旗渠，终于能够顺利地通过了。

---

① 《难忘修建红旗渠》，任羊成口述，侯新民执笔。见《河南文史资料》，总第109辑，第133~134页。

红旗渠总干渠不少地段要在悬崖上施工。崖壁除险是非常危险的工作（魏德忠摄）

　　2013 年 11 月 28 日，在林州红旗渠管理处曲山管理段宿舍，我见到了这位当年的传奇人物。任羊成垂垂老矣。他头发快白完了，端茶杯时，手微微发抖。然而一谈到当年的情

　　　　　　　　　　　　　　　　　　　　　中国红旗渠

况，他仿佛忽然间迸发出了巨大的能量。

我和他有一段对话。

我问他：当年，你们除险的时候，不害怕吗？

他说，怎么会不害怕呢。可山上的石头除不下来，工程就没法往下进行。硬着头皮也得上。光害怕，啥时候能修成红旗渠？在鸰鹉崖，杨贵刚刚见到我的时候问我："羊成啊，能行不能行？不能行咱就不要干。"我那时不认识他，就说："你是书记吧，怕死鬼。"他说："我不说了，我不说了。"他又跟老马（指马有金——作者注）说："老马，你说说他吧。"老马说："你是书记，他都说你怕死鬼，遇见困难不干了，我可不敢说他。"——实际上，马有金也劝我："这事儿危险，真不行就不要干了。"可那正是工程的关键时候。你不干了，底下3000多人等着，施不了工，会能行？石头在上边挂着，是活动的，底下3000多人，万一掉下来，得砸死多少人。所以，必须把那些危险的石头全部弄下来。杨贵说："等这活儿全部完成，羊成啊，我请你到县城看上一礼拜戏，还给你演电影。"我说："谁知道我能不能活到那时候啊。我今天早上去工地，天黑了不知道能不能回来。你敢给我保险？"他说："毛主席说，要减少不必要的牺牲。"我说："减少不必要的牺牲，那只有不干。"

我问任羊成，那些日子，心里到底是什么感受。

他说："那时候，在工地上天天学习，就是要讲不怕死嘛。要完全彻底为人民服务，不要考虑自己，不要考虑家庭、孩子、老婆。得完成任务。我那时候每天清早起来，要把被子卷住，把我的粮票、钱都交到工地的总务上，就是怕这种事发生。 等到天黑，下工了，活着回来了，就觉得很高兴。"

我问他，为修红旗渠付出那么多，后悔不后悔？

任羊成说："后悔？ 后悔啥？ 咱没有办坏事，为党为群众办事了、服务了，躺倒睡觉心里都是舒展的。 不管咋样，咱的表现不错。 咱没有不干，没有开小差。"

我问他的牙齿怎么样。

他说："牙换过了。 我换牙，是自己掏钱换的，50 年了，我没有让渠上报销过一分钱。 我后来经常到县里开会，坐车都没报过，都是自己掏的钱……"

他还说："以前，我每年都要从山西渠首那里往下走一趟。 春天，解冻了，看看渠墙有没有坏的地方，漏水不漏。冬天，上冻了，渠墙会收缩，有的地方会漏水，也要看一看。有一次我从渠首回到青年洞的时候，天黑了，就住在那里。第二天早上，碰见我们一个市领导——他带着客人去参观。他听说我还要往分水岭走，还是一个人，就给我说：'你下来！ 渠墙这么高，你摔下来谁知道？ 以后你想走红旗渠，打个招呼，我让人陪着你。 再像这样不给我说，党纪处分你！'他让我坐上公家的车走了。 就那一次，青年洞以下的路，我没走。"

"这几年，走不动了，去不了啦。 现在林州办了个红旗渠干部管理学院，经常叫我去讲课。 外地也有叫我去讲课的。现在，红旗渠一些地方老了、旧了，或者是让人给扒了……我看见红旗渠上一块石头被掀起来，就好像我身上一块肉叫割掉了。 红旗渠是我们拿命换来的……"

任羊成(左)接受采访(郭端飞摄)

任羊成的事儿，新华社原社长穆青是最著名的见证人。

1965 年，穆青来林县采访时，见到了任羊成。 他撩起任羊成的衣服，看见他腰间红红的一圈，那是被腰上绑着的绳子磨出来的。 任羊成在山上吊的时间太长了，绳子反复磨，最终磨出了厚厚的腌子肉。

穆青流泪了。

二十多年后，已经担任新华社社长的穆青邀请任羊成来到北京。 见面后，穆青再次撩起任羊成的衣服。 结果，二十几年前那些红色的腌子肉依然存在。

穆青再次流泪了……

在悬崖除险也许是红旗渠工地上最危险的工作，恐怕也是世界上最危险的工作之一。 类似的事情，以前只有崇山峻岭上的采药人才会去做，今天的城市里，也许只有摩天大楼玻璃外墙清洗工人才能完成。

凌空除险也是修建红旗渠时林县人的创造。 与地面几乎成直角的崖壁，放完炮之后，黑洞洞的石缝里，无数石头往崖下滚落。 大的能像一间房子那样大，最小的，就跟砂子差不多，有时候，炮声响过好几天了，被惊动的大山还没有安生，山体的缝隙里，大大小小的石头还在往下落。 除险队一天到晚在山上作业。 山体常常是这里突出去一块，那里凹进来一块。 新炸开的山体，石头像刀子一样锋利，不小心被划着了，马上皮开肉绽。 而维系除险队员生命的绳子也潜藏着巨大的危险。 当时用的是麻绳，和石头反复摩擦的地方往往成为最薄弱的一环，时间一长，它就有断掉的危险。

放炮是另一种危险的工作。 工地上，开山全凭放炮。 炸药的力量越大，炸开的山体面积越大，但是它的危险性也越大。 高大的山体、坚硬的石头上，有时候要打几米深的洞，装上上千公斤甚至几千公斤的炸药，爆炸后，天崩地裂，山体轰然倒塌，大大小小的石块暴雨般飞出来。 民工如果没有在安全地点藏好，一旦被飞石击中，非死即伤。

几十公里长的工地上，人来人往，爆破点很多，放炮时间不统一，就会相互干扰，还会带来无法预料的危险。 因此，必须统一时间，统一戒严，统一点炮。

炸药、导火线、雷管的质量和性能也很关键，炸药受潮或者导火线磨损，点燃后爆炸的时间就不好掌握。 该爆炸时没

爆炸，就成了哑炮。炮手查看哑炮是一件搏命的事。哑炮哑
"死"了倒没什么，大不了下次再点。但若只是因为导火线
受潮或者被土压住，燃烧速度放慢了，事情就很麻烦。若炮
手重新回来查看它的动静时爆炸，后果将是灾难性的。所
以，指挥部制定了严格的安全规定：平地上点炮，一人一次不
准超过 50 个；陡坡点炮，一人一次不超过 8 个。谁点的炮谁
检查，最后一响结束半个小时后才可以去检查有无哑炮。

幸好，红旗渠工地上，培养了不少土生土长的"神炮
手"。

他们是工地上的一队队工兵，整天穿行在悬崖峭壁上，腰
系绳索，手握钢钎，寻找打炮眼的地方。

他们是林县人视若珍宝般握在手心里、进军太行山的一把
把尖刀。当尖刀出鞘，刀柄转动，刀刃和石头发出惊人心魄
的摩擦声的时候，一座座大山轰然倒塌，一片片山石倾泻而
下，烟尘漫天，那是林县人高扬的豪情和勇气……

红旗渠工地上最有名的炮手，名叫常根虎。

今天的人们，还可以从当年的照片上一睹他的容颜：他头
戴荆条编成的安全帽，一手扶着石壁，一手拄着钢钎，目视前
方，憨厚地侧视左方。他的身材不算高大，然而，在他的身
影的衬托下，巍巍太行，矮了半头，石壁上的石头，少了嚣张
的坚硬，显出更多的，是一些仓皇和凌乱。

完全是依靠山里人的顽强，常根虎和他的伙伴们摸索出了
各种各样的放炮办法：大炮、小炮、拐弯炮、平地炮、斜
炮……现在城市施工中，常常需要定向爆破：一座烟囱要拆
除，周围都是房子，怎么避开；一座高楼要扒掉，周围都是居

民，怎么不影响大家正常的生活……这样的场面，成为都市里难得一见的奇观，媒体往往蜂拥而至进行报道。其实，红旗渠工地上，常根虎和他的伙伴们，早就学会了。开山时，想要让石头从哪儿落下，就会让它从哪儿落下；炸石头时，想要一座山，还是只要一个山头，靠挖出不同的炮眼，靠埋进去数量不一样的炸药，完全可以做到。

它不仅需要头脑，需要智慧，有的时候，更需要抱着赌博、冒险的心理来尝试，甚至以身家性命作为试验品。

常根虎。他被称为"爬山虎""神炮手"（魏德忠摄）

1958 年，在林县著名的南谷洞水库工地上，一位 23 岁的炮手元金堂，发现一个洞口，有炸药箱在冒火。

这个洞口旁边，还放着三箱炸药、不少雷管。

元金堂想也没想，飞奔到洞口，抱起那只冒火的炸药箱就往外跑。

工友们惊呆了，纷纷大喊：快扔！快扔！金堂，快扔！

元金堂想要把炸药箱扔到山沟里。可是，还没有出手，它爆炸了。

周围三四十个工友安然无恙，而这位 23 岁的青年，就这样失去了生命，血肉之躯，从此长眠于大山之中。人们说，元金堂是个董存瑞式的英雄。可我们深深地知道，做英雄，是要付出代价的。

而元金堂付出的是生命的代价。

即便是红旗渠工地上最为著名的炮手，常根虎也没有任何例外。他本来不叫常根虎。因为在家里排行第五，原名常根吾。有一次，他在山上放炮，一次装了 1000 多公斤炸药。点完，他就飞快地撤退了，但还没等他到安全的地方，炮就响了，顿时山崩石裂，流石滚滚，他也随着山石滚出了好远。人们的心悬到了嗓子眼儿，呼喊着前去抢救。幸运的是，在山崖下找到他的时候，发现他只受了点儿轻伤，大难不死。县委书记杨贵听说后专门来看他，对他说："常根吾常根吾，不如改成常根虎，虎虎生威的爬山虎。"从此之后，他有了一个充满虎气的名字。

修建著名的空心坝时，需要的石头特别多。大家知道，放炮队队长常根虎不仅可以估计出多少炸药能炸出多少石头，而且能够控制所炸出来的石头的大小，就把开山炸石的工作让常根虎来做。

常根虎腰里插着一把镰刀，肩上盘着绳子，带领着他的工友们，攀援而上。脚蹬着石头缝儿，手指头抠着石头尖儿，不一会儿就大汗淋漓了。

到了高处，常根虎把绳子绑在腰里，让伙伴们把它沿着一个石缝放下去。

绳子慢慢下降，常根虎仔细地在崖壁上查看哪里可以打炮眼装炸药。

忽然，绑在腰上的绳子"咔嚓"一声断了。常根虎的身体像一块石头一样急速下坠。一米、两米……十几米……幸好他反应速度快，抓到了胸前的保险绳。他的脚在空中蹬过来、蹬过去，身体在崖壁上弹起来、又弹下去，弹了好几次，终于停留下来。

而此时，他的胳膊已经被锋利的石头划开一道口子，疼得钻心，血流如注，把棉衣都沾湿了。

这样的场景，在炮手那里，是要常常遭遇的。一方面，需要他们胆大心细，另一方面，有时候只能靠运气。当好运不在炮手这边的时候，是任何事情都会发生的。

红旗渠修建过程持续了将近 10 年。近 10 年间，一共有 81 名民工和干部献出生命。大部分是在危险的总干渠段献身的。他们中，有 60 余岁的老人，也有十七八岁的青年。其中 4 位是女性。由于修渠工作特殊的危险性，一些死者往往血肉模糊，为了不给家属带来过于沉重的精神负担，往往很快就埋葬了。

苦难与升华

对于张买江来说，生死与血泪，是生活给予的沉重馈赠，也是命运送来的成人礼。突如其来的苦难，让他，从一个懵懂的孩子变成大人，从田野走向城市，从缺水的家走向红旗渠，最终成为红旗渠工程特等劳模。他的人生，在渠线上，实现了苦难中的升华，他也被红旗渠建设的史册深深铭记。

2014 年春天一个阴冷的下午，在林州市机关服务管理局，我采访了张买江。他 60 多岁，头发快白完了，来楼下迎我们的时候，腿脚利索，说话声音洪亮，笑起来，非常开心，是个很爽朗的人。他向我讲述了他们一家和红旗渠之间的关系，也讲述了他的命运是怎样被红旗渠改变的。

张买江的老家在今天的林州市桂林镇南山村。祖祖辈辈都缺水。小时候，家人每天得到 5 里地外去担水供应家里用。天旱的时候，挑水，要到更远的地方——离家 20 多里。缺水，让他们祖祖辈辈吃尽了苦头。为了水，他们想尽了办法，都没有解决问题。所以，红旗渠工程一开工，张买江的父亲张运仁就欢天喜地地来到了工地上。张运仁担任施工排长，无论是抬石头、抢大锤，还是修理工具，样样都很在行，工友们都很看重他。5 月 13 日傍晚，工地上放了一次炮。有一炮迟迟没有爆炸。张运仁看到有很多民工在附近收拾东西，急忙跑出安全洞，招呼大家隐蔽起来。民工们刚刚疏散开，炮响了，一块飞石击中了张运仁的头部，他就此离开人

张买江(右)接受作者采访(郭端飞摄)

世，年仅38岁。

出事的那天晚上，张买江清楚地记得，夜里，他一直睡不着。他听见鸡在院子里"咕咕咕咕"叫，就给娘说："娘，是不是有人来咱家偷鸡了？"娘说："睡吧，睡吧，咱家没有惹过谁，又没有刻薄过谁，咱是贫农，谁会来咱家偷鸡？"听着娘絮絮叨叨地说话，他慢慢睡着了。

天快亮的时候，买江迷迷糊糊地听见街上的脚步声——他家门外不远有一条大路，外面一有人走动，听得可清楚了。脚步声好像越来越近，可并没有人们说话的声音发出来。

买江好像听到他们家那排杈门（用树枝、荆棘编成的篱笆状的门。——作者注）"哗啦"一声开了。

　　　　　　　　　　　　　　　　中国红旗渠

他醒了，对娘说："娘，是不是有人进来了？"

娘说："没人会进来，睡吧！"

买江躺在床上，没有动。可过了不一会儿，他听见有人来到屋门外，一声一声地叫着娘的名字。

说是出事了。

张买江"呼"一下坐起来，穿上衣服，赶紧去把屋门打开。

他一看，来的那些人，都是大队干部。干部们让买江把两个兄弟也叫醒，让弟兄几个穿好衣服跟他们走。

干部们分成两拨儿。一拨儿领着懵懵懂懂的三兄弟；一拨儿和娘在后面走，一边走一边说着什么。

就这样走着，一直走了几里地才停下来。

停下来，他们看见一个挖好的墓穴，墓穴边儿，放了一个棺材。

兄弟三个都愣住了……

天慢慢开始亮了。张买江看见了娘的身影。娘已经出了村子，离他们越来越近。他听见旁边的大队干部说"赶紧下葬"。

棺材放入了墓穴，泥土呼呼地往棺材上撒落。等买江娘赶过来的时候，土已经埋下去一尺深了。

娘号啕大哭，对那些大队干部说："他活人我见不着，死人也不让看一眼？"

干部们流着眼泪，哽咽着说：买江娘，人死不能复生，已经这么回事了。你看，土都埋这么厚了，算了吧，别看了。

一边有人过来把娘拉开。一边有人接着铲起泥土往墓穴里撒。

回想起几十年前的往事，张买江的深情有些黯然。他说，当时看着土往棺材上落，自己也不知道要告诉他们，等娘来了，看看父亲，再下葬。他是老大，两个弟弟都跟他相差好几岁，谁也没想起来，要求再看父亲一眼。父亲临去红旗渠工地的时候，买江没见到，死了，埋葬了，买江还是没看他最后一眼。这成了买江深深的遗憾。

张买江还清楚地记得，当时经济条件不好，家里紧张，大队紧张，国家也紧张。没有孝布，大队干部给买江兄弟几个一人找了一件白衣服，是旧的，当孝衣来穿。他们的鞋上没有糊孝，头上没戴孝帽。

关于父亲的记忆就此戛然而止。而张买江人生中更重要的故事，从此开始了。

1962年，张买江13岁。母亲给他讲述了父亲在红旗渠工地献身的前前后后，说："你爹没有修成红旗渠就走了，你要接过他的担子，把水引回家。"母亲拉着买江的手，找到大队干部说："他没父亲了，他再不去修渠，不把水带回来，母亲也会没有了。"

张买江向我解释娘说话的意思：那几年，家里总是出事，父亲牺牲的第二年，大爷死了，后来，奶奶死了，再后来，有个小姊妹死了，姥姥也死了。5口人去世的打击，让家里的大人小孩都抬不起头。而娘有一次打水的时候，不小心掉到水里，差点儿淹死了……

虽然张买江只有13岁，大队里还是答应了他娘的请求。

从此，张买江来到工地，开始了长达 9 年的修渠时光。

13 岁的孩子，也和别的民工一样，根据生产队收获的粮食多少，自带口粮——人均可以吃到 8 两，就带 8 两，可以吃到 6 两，就带 6 两。带过去，就在集体伙房吃饭。他开始离开母亲，独立干活，独立面对眼前的这个世界。

毕竟年纪小，刚到工地的时候，身子骨还没长齐整。抬石头，抬不动；打钎呢，抡不动锤；扶钎呢，扶不稳；只有去捻钻（民工锻石头时，钻头很快就磨损了，需要重新锻打，工地上称之为捻钻。——作者注）。铁匠师傅捻好了，要把它放到 1 厘米深的水里淬火，再等它慢慢冷却。张买江心急，想快点，总是没有让它完全冷却就拿走，结果，石匠一用就断了，所有经他捻的钢钎和钻都是这样。

"买江，你今天又把钻弄断了，你看看。"

"买江，你干的好活！"

张买江笑言，那时候，他天天挨骂。

他心里合计，像这样天天挨骂可不行。想来想去，他觉得，点炮的活儿比较好。——炮一点着，他站起来往旁边猛一蹿就行了，炮一响，活儿就完了。那么，谁还骂他张买江？

他找了一个师傅，说想跟他学点炮。

师傅说：你爹就是因为点炮牺牲了，谁还敢让你学这个？

但张买江一心想学点炮，一到工地就跟着他。看师傅是怎么点的炮，点完后是怎么跑到安全地方的。

后来有一天，买江跟他说：让我试试吧。你在后边，你看着我点就行，我已经学会了。

师傅哪里同意。

一计不成，又生一计。张买江琢磨着怎么办。他发现，师傅饭量大。吃饭时，他的那一份虽然也能吃完，但也可以省下来一些。食堂发两个馒头，他吃一个半，分给师傅半个。他一根筋地想：我就对你好，维持着跟你的关系，你早晚得想办法让我张买江跟你一起点炮吧。

时间长了，师傅拗不过他，就带他去找干部提要求："我发现一个喜欢点炮的，也能点。"

干部一看是张买江，一瞪眼："他可不行。"

张买江说："怎么不行？俺爹死了，我就也要栽到炮眼上去死？"

干部说："你这小孩说话怎么这么撩（逆反）？"他对师傅说，"你可得看好他，不能再出事了。"

张买江还是不甘心。他自己缠了一点线，又取了一点火药放上，当炮捻，一点，就点着了。他就用这个东西，拿着到外头试。一天试一次，谁也不告诉。

过了好长时间，机会终于来了。

那天点炮时，师傅对张买江说：你去点炮吧，我给你当内线。我看着人，不让干部知道。

他和另一位工友，从两边同时点。张买江手脚麻利，把自己一边的炮捻儿点完，人都躲起来了，那边还没结束呢。

结果，张买江又挨骂了，说他点得太快。买江说："不是我点得快，是你们笨蛋……"

小小的张买江，可不是个"傻大胆"。他知道，点炮是件很危险的活儿，炸起来的石头砸到身上，把哪儿砸破一点儿，不要紧，慢慢就能长好，可砸住头，说不定一下子就报销了，父亲当年就是被砸中头部牺牲的。所以，对于安全问题，他可不敢大意。

他头上戴的安全帽有点大。点完炮，张买江一跑，它在头上晃来晃去。

想了想，他想出了办法。他把省下的两个馍揣在怀里，找到编安全帽的老申。张买江说："老汉，你饿不饿？"老申说："饿啊，咋了。"张买江把馍给他，让他专门编个更合适的安全帽。荆条用粗一点的，编得再小点。再去点炮时，戴上它，安全多了。

在工地上，张买江干了9年。他的血管里，流淌着红旗渠建设者的血脉，他也是红旗渠工程最著名的建设者之一。当年，不仅是林县县委领导、杨贵、李贵、马有金，连地区领导耿起昌、河南省领导刘建勋，都知道张买江，了解张买江。刘建勋一边和张买江合影，一边疼爱地拍着张买江的肩膀说：这么大点儿一个小鬼！他们知道，当时，在工地上，为了节省娘手工做的鞋子，张买江在鞋底绑上轮胎，长年累月下来，磨得脚上的膙子很厚。他抬石头，把一边的肩膀压歪了……领导们看着张买江，直掉眼泪。

聊到此处，张买江幽幽地说："在渠上，凡是营长以上的领导都知道我。我没大人照顾，只一心想着把活儿干好。我个性比较强，干什么都不想落在别人后边，不想让别人说我不行。我17岁就当上劳模，跟任老（羊成）、李改云一榜。"

他很自豪。

他发自内心地感到欣慰。

后来，红旗渠通水了，张买江家再用水，就从门前的池塘里打，很近。要烧火做饭了，先点上火，再从池塘把水打回来，锅还不热——就这么近。他还清楚地记得红旗渠水到家门口第一天时的情景。那天，娘站在池塘边看了一夜。挑第一担水时，她嘴里喊着："运仁呀，不要惦记红旗渠了。大儿子把水给带回来了！再也不用惦记咱这儿缺水了……"

后来，张买江又参加了红旗渠配套工程的建设。修支渠、斗渠、农渠，平整土地，把小块地合并成大块地，建水库……都少不了他。

1976年，红旗渠工程已经基本完工。漳河水，已经能够自由自在地流淌在林县的大地上了。这时候，省里点名推荐张买江去上大学。一开始推荐他去清华大学，他说，我连我的名儿都不会写，怎么去？

他还是勉为其难地去了，但只去了5天就回来了。他文化低，程度跟不上。他知道自己不是搞学问的料。

县里安排他到安阳，上了一所中专学校。两年之后，他毕业了，教委分配他去一所小学工作。他还是不会教学，就负责给学校采购东西，其他的活儿，像盖校舍、买纸、印作业本，他都干。他好跑步，喜欢锻炼身体，后来，学校的体育老师有意带他。张买江第一天先跟着学，到第二天再教给学生。就这样，他成了学校的一名体育老师。

今天，无论和谁谈到红旗渠工程，张买江都会流露出会心的笑容，笑容里又饱含骄傲："没有渠时，割麦子，麦子只有一拃高，一亩地打几十斤，最多的时候，也就一百斤出头。

　　　　　　　　　　　　　　　　　　　中国红旗渠

红旗渠修好后，我当过公社里的团委委员，方圆几个大队，我都去看过，搞试验田，亩产一千多斤，再上点化肥，高的能打一千二三百斤粮食。 现在的林州，不那么缺水了。 可如果不是红旗渠水流了几十年，肯定还是缺水。 水流了几十年，地下哪里有个缝儿，水就渗下去了，你想，不停地渗，渗了几十年，得补充多少地下水？ 林州人现在打井，根本不用打那么深。"

他说："我们那时候修渠，喊的口号是'头可断，血可流，毛泽东思想不可丢''能叫当日苦，不叫辈辈苦'。 后来说的是，'自力更生，艰苦创业，团结协作，无私奉献'。 无论怎么说，修渠的时候，无论叫干啥，没人讲条件，都无私。 比如说，今天傍晚石灰窑该点火了，窑上装的石头还不够，领导一布置，大家就积极报名。 都知道得先备好料，得把好石头留下来垒渠。 领导叫干啥，不会先问'多少钱'，那时候谁会说'钱'这个字？"

对于自己的生活，张买江很满意："10 年修渠，让很多人学会了建筑这门技术，变成能工巧匠。 后来就出去搞建筑，到全国各地。 俺村有一家，弟兄四个一起，在太原搞了个建筑公司，搞得很大。 修渠的时候，他们还很小，是他们父亲去修的渠。 俺村现在有钱的，基本上都是以前修过渠的人家。 我这就算是看到共产主义了。 当年，俺村里都是草房，只有几家住的是瓦房。 现在呢，谁家里没有一辆汽车……"

下篇
风雨中的旗帜

红旗渠工程总指挥部旧址（郭瑞飞 摄）

第十章　洞中岁月

风云变幻

1996 年 6 月 1 日，中共中央总书记江泽民同志在视察红旗渠时说：

他们在那么艰苦的条件下，居然能保持那么乐观的情绪，就是有一种强大的精神力量在支撑。……我希望大家不要忘记山中岁月、洞中岁月，不要忘记那些修渠的人。

江泽民同志提到的"洞中岁月"，指的是修建红旗渠青年洞时的岁月。

直到今天，红旗渠青年洞上方还有几个醒目的大字：洞中岁月。这是当年修渠的青年留下的字迹。它字迹斑驳，高悬于洞口之上，和沧桑的太行山融为一体，已经成为太行山的一部分。

红旗渠青年洞开始修建是在 1960 年 10 月，是总干渠的咽喉工程，位于河南、河北、山西三省交界处的一片大山上，是总干渠上最长的隧道。它的进口左侧是一条山涧，崖壁陡峭，深不见底。西面有一面刀砍斧削的崖壁，青色的、白色的、紫色的岩石纵横交错，构成一种丑陋狰狞的形象，当地人称它"小鬼脸"。人们用几句民谣来形容它的凶险：

　　　小鬼脸，
　　　顶着天，
　　　山高鸟难飞，
　　　崖陡猴难攀。

一开始，计划修一段明渠，绕过小鬼脸，绕过这重峦叠嶂的大山。后来，指挥部让技术人员认真地做了考察，认为开明渠线路太长，既浪费工时，又浪费材料，最后，决定剖开山体，开出一条隧道，让渠水穿山而过。

青年洞也是红旗渠工程的重中之重。

说它是重中之重，不仅因为工程的艰巨，更是因为林县的300 多名青年男女，以 50 多万林县人为坚强后盾，在那风云变幻的特殊年代，以青春和激情，顶住了经济与政治上的双重压力。青年洞仿佛是红旗渠工程的隐喻：施工之前，林县人怀着热切的梦想和乐观；施工的过程，漫长、艰巨，任是谁，都是对意志和耐力的艰难考验；而它最后一块石头被撬掉，洞口漏出第一丝光线的时候，红旗渠的施工也实现了重大转折，最艰难的日子过去了，雾霾将消，光明迫近，几千年的梦想马上就要变为现实……

这里要从 1960 年 8 月 30 日说起。

为庆祝红旗渠第一期工程完工，那一天，林县县委在渠首举行首次放水典礼大会。

这是一次激动人心的大会。各公社、大队、小队的干部、民工代表济济一堂，在草木葱茏的太行峡谷中见证这一历史时刻。

新乡地委书记处书记陈东生跟大家一起分享了喜悦。陈东生鼓励大家：第一期工程是榜样，英雄的林县人干得漂亮；林县人还会干得更好；决心大，干劲大，没有克服不了的困难。

"开闸放水"的声音，铿锵、坚定又激越。它回旋在山谷中，引来了一片掌声、欢呼声。

进水闸缓缓升起来。夏日的漳河水，以热烈的姿态回报红旗渠人热切的期盼。波涛汹涌，浪花飞溅。越过闸门的一瞬间，它们完成了从浊漳河水到红旗渠水的转变。

此时此刻，县委书记杨贵的心情是欣喜的。几个月来的艰难付出没有白费。事实证明，林县人走了一条正确的道路，引漳入林不是空想，它已经是现实。

可还是需要冷静下来。

漳河水可以流到林县，但是到河口就不再往前流了——第一期工程在这里结束了，河口以下的渠道，是第二期工程的事——所以，水到河口，只能再次泄入浊漳河。

想要让漳河水流遍林县，还有更多、更艰辛的工作要做。

他安排干部、民工代表，分批来到河口看水。在林县的土地上，人们亲眼看到，浊漳河的水就这样来了，水流量很大——当时，为了鼓励大家，渠首截流后，指挥部把最大流量的水都逼到渠道里——每个人都很激动，几千年来，谁能想到这一天真的就变成现实了呢？

但马上就觉得可惜：水来了，没法用，只能白白跌回漳河里。

而这正是进行下一期工程思想动员的好时机。

万里长征，已经走完了一大步。最危险的工段已经过去了。林县人已经收获了第一次胜利。伟大的目标，经过努力，确实是可以实现的。

一鼓作气，把第一期工程施工的经验挪过来，用到第二期、第三期、第四期工程上，让漳河水流遍林县的土地，这成为林县人的不二选择。

1960 年 10 月 17 日，红旗渠工程指挥部发布了第二期工程开工的命令。

然而，更加困难的岁月也开始了。

此时，无论是国际还是国内，共和国都面临着异常严峻的形势。

国际上，中苏交恶，国外反华势力处处使绊子，外部环境非常困难。

国内，一些地方连续几年的"瞎指挥"和"大跃进"，造成了严重的经济困难。社会上，各种物资需求量大，供应不足，特别是粮食短缺，饥饿蔓延，出现了不少非正常死亡的严重事件。 历史学家后来这样总结当时的情况：

　　由于国民经济全面的比例严重失调，人民生活水平迅速下降，尤其是人民最必需的吃饭穿衣问题，出现了严重困难。1957 年到 1960 年平均每人的消费量，粮食由 406 斤降到 327 斤，下降 19.5%，其中城镇由 392 斤下降到 385 斤，下降 1.8%，农村由 409 斤下降到 312 斤，下降 23.7%；猪肉由 10.2 斤降到 3.1 斤，下降 69.6%；棉布到 1961 年才更显突出，人均下降 58.6%。

　　由于人们的口粮不足，城镇人口减少口粮标准，以粗代细；农村人口实行"瓜菜代"[①]，不少地区以草根树皮充饥。而且，填不饱肚皮的人们，劳动的苦累程度却因"大跃进""鼓干劲"而有增无减，因此人口的非正常死亡情况十分严重。[②]

　　面对如此现实，党和政府不得不下定决心，通过政策的调整，带领全国人民早日从困境里走出来。 1960 年 9 月，中共中央提出了著名的"调整、巩固、充实、提高"的八字方针。其中一个重要内容是：城市减少投资、压缩基建规模，减少城镇人口，农村减少大炼钢铁、大规模兴修水利工程项目，减轻农民负担，让更多的劳力从工地上回到耕地上，通过休养生

---

① 以瓜菜代替粮食。 ——原注
② 《中华人民共和国史》，靳德行主编，河南大学出版社，1993 年 12 月版，第 279～280 页。

息，让农村恢复元气。

各地纷纷行动起来。

1960 年 8 月 9 日，中共河南省委就已经发出《关于紧缩大、中型水利施工劳力，转向当前农业生产的决定》，要求把大、中型水利施工工地上的劳力大大缩减，其余民工一律返回农业生产岗位。

三天之后，河南省委又一次发文，这一次是《关于压缩粮食消费，大力节约粮食的指示》。

9 月 1 日，中共河南省委再次发出了《关于立即停止大、中型水利施工，将民工转向农业生产的通知》，要求民工限期全部返回农业生产第一线。

几次通知，内容差不多，但措辞完全不一样：

先是要求"紧缩"，也就是说，留有余地，可以有一些民工留在水利工地上接着干活。

然后是要求大家节约粮食，而水利施工，必须"立即停止"，就是说，一刀切，所有民工必须在限定时间内离开工地回家种地，没有例外。文件标题上的最后两个字，已经从"决定"变成了"通知"。

可见当年情况的紧急。

"紧缩"也好，"立即停止"也罢，都是要各级政府把人民群众的活命问题摆在第一位，无论男女老少，不要干与生产粮食无关的事情，还要尽量少消耗体力，等着肃杀的冬天过去，新的收获季节到来。

8 月 12 日，河南省委发出《关于压缩粮食消费，大力节约粮食的指示》。

10 月 29 日至 11 月 4 日，河南省委专门召开一次城市生活安排会议，"要求各级党委、人委立即扭转城市主要生活物资供应的脱销情况；在分配粮食、煤炭、蔬菜等主要生活资料和安排运输时，要城乡兼顾"①。

谁都知道这意味着什么。

今天的我们，只需要浏览一下上述几份文件的标题，就能够感觉到形势的严峻。 上级有指示，下级怎么做，往往关乎一个地区无数人的命运和前途。

县委书记杨贵的压力可想而知。 几份文件，内容都很重要，上级的指示，意见很明确。 林县人修建红旗渠的步伐慢了下来。

11 月 23 日，林县红旗渠总指挥部召开工地干部会议。"工地党委书记、副指挥王才书传达了中共河南省委、新乡地委和林县县委关于实行百日休整，保人保畜的会议精神。 鉴于自然灾害严重，群众生活遇到暂时困难，按照县委指示，红旗渠工地除留一部分精干民工继续开凿青年洞和保护渠道外，其余民工于本月底全部返回生产队休整。"②

从 1960 年 11 月底开始，大队人马撤出工地，回家开展生产自救。 红旗渠线上，人头攒动的情景消失了。

可是，付出了如此之大的代价，眼看着渠道就要修通，林县人马上就能用上渠水了，就这样让红旗渠工程下马吗？ 一下马，重新上马可不知道会是什么时候。 不能再上马，前面

---

① 参见《河南省大事记》，河南人民出版社，1993 年 3 月第 1 版，第 139 页。

② 《红旗渠志》，河南省林州市红旗渠志编纂委员会编，三联书店，1995 年 9 月第 1 版，第 441 页。

20 余公里的渠道算是白修了。 到时候，渠墙倾颓，渠道见底，荒草丛生，落下千古骂名是小事，劳民伤财可是大问题。

后来，杨贵说：当时，县委一班人是铁了心的。 只要是大家认准的道儿，就手挽手、肩并肩地走到底，有福同享，有难同当，坚持真理，修正错误，全心全意为人民服务，因而起到了县委所应起到的领导核心作用。

他还说：有困难是有困难，可林县有几千万斤储备粮。 修渠再苦再累，群众的热情始终很高。

所以，县委同时还做出了一个决定：从全县范围抽调 300 名青年来到任村镇卢家拐村西，打通渠线上的咽喉工程。 这项工程后来有了一个英气勃勃的名字——青年洞。

明 停 暗 修

300 名青年的"洞中岁月"开始了。

确实是住在洞里，是他们找的石洞、开的石洞。 冬天的太行山，风冷石硬，万木萧条。 几十个人挤在一个洞里，睡觉时，肩膀挨着肩膀，胳膊挨着胳膊，连翻个身都很困难。 洞里潮，又没办法洗澡，一个人身上生了虱子，几十个人头上、身上也都会爬上。

县里已经把这批年轻人的粮食定额提高了，可还是不足。 消耗多，饭量大。 还是老办法，到漳河里捞水草，到山上捋树叶，煮一煮，蒸一蒸，拌上点粮食，就成美味佳肴了。 因为他们吃糠咽菜太多，刚开始，大家把这个隧洞称作"糠菜

青年洞。它是红旗渠上的咽喉工程,也是总干渠上最大的隧洞之一(魏德忠摄)

洞"。 后来,为了纪念这群年轻人的功绩,隧洞才改名为青年洞。

山上全部是钢铁般坚硬的石头,大锤砸下去,石头没什么反应。 借来了一部风钻,快多了。 可钻头磨损得厉害,每掘进 1 米,就要废掉 130 多个钻头。 要是把这 600 多米的隧洞打穿,用坏的钻头岂不都堆成小山了! 到哪里去弄这么多钻头?

还是老办法:蚂蚁啃骨头。 一点一点往前打,再硬的骨头,总有啃完的时候。

他们又开动脑筋，摸索出了新方法：先打个三五厘米的小炮眼放小炮，一点一点扩大炮眼，再往那大一点的炮眼里装药。炮眼越来越深、越来越大，炸药装得越来越多，放炮的威力也就越来越大。

　　隧洞一寸一寸地往前掘进，而他们掘进的速度也越来越快。终于，他们可以每天前进2米了……

　　这个进度让大伙儿倍感欣喜。

　　农历新年就要到来了。除夕下午，工地指挥部专门发出通知，从大年初一到大年初五，连续放假五天，让大家都下山回家，好好休息一下，和家人一起过年。可还是有几个小青年没有走。他们知道，有一个工作面快要打通了，他们实在等不及。他们要利用一切可以利用的时间，争取把青年洞早日贯穿。他们专门用12磅锤，换下了平日用的8磅锤，抡起来，抡起来……他们要看看，到底是谁，第一个打通青年洞的。

　　机灵的任羊成想出一个办法。

　　他提一盏马灯，绕过一段山体，爬进对面的洞里。他手扶石壁，感受着队友们打钎的震动。他把耳朵贴在石头上，听了又听。他的判断是：洞口，快要通了。

　　回到自己的工位，任羊成把自己的判断告诉了队友。队友们都很兴奋，七嘴八舌地出着主意。

　　最后，都同意任羊成的判断。他们商定，用放炮的办法试试，说不定很快就把石壁弄透了。

　　这个时候，已是除夕的深夜，太行山沉睡在一片黑暗之中。

没有人知道，黑暗的包围之中，太行山深处，后来叫作青年洞的那个隧道里，任羊成和他的队友们，有的背炸药，有的拿雷管，有的在清理着地上的石头块儿。

他们希望，要在除夕的深夜，放出贯通青年洞的老炮。

他们要用隆隆的炮声，迎接新一年春节的到来。

两炮之后，炸出了一堆一堆的石碴儿。队友们聚到一起，猛干一阵，掏出石碴儿，又趁势把洞口往周围扩了扩。

任羊成又举着马灯爬了进去。左边照照，右边照照，忽然，照到一个两米大的窟窿。认真一看，他又惊又喜：隧洞，真是炸通了。

原来，隧洞是两边两个小组对着头打的，定位的时候，出现了偏差，一边打高了，一边打低了，早就打过中线了。刚才放的炮，只是把上下两层之间薄薄的那层石头炸开了而已。

调皮的任羊成决定跟大家开个玩笑。他一手提着马灯，一手扒着石头，从洞口跳了下去，然后调暗马灯的灯光，躲了起来。

队友们以为他出事了，赶紧又提来一盏马灯，钻进来找任羊成。

任羊成忽然间站出来，在黑暗中哈哈大笑。

队友们的惊喜，比任羊成看见隧洞炸穿不知道多了多少倍。他们笑他、骂他，然后，大家一起闹起来……

当他们把青年洞贯通的消息打电话报告给县委书记杨贵时，时间，已经是大年初一的五更。山里山外，村民们燃放爆竹的声音噼噼啪啪地响起来了。

电话线那头的杨贵激动不已。他连连说道：谢谢大家，谢谢大家！我代表县委，谢谢同志们！谢谢同志们！

一共 12 个工作面。随着第一个工作面的贯通，后面的工程，进度越来越快。

300 名青年在狼牙山上没明没夜施工的时候，上级时不时派人到各地检查"百日休整"落实的情况。青年洞是明停暗修，要是让上级发现，恐怕就修不成了。为了应付检查，民工们在工地对面的山洞里设置了瞭望哨。常常有这样的情景出现：

一辆吉普车从远处开来，引擎声打破了大山里的寂静。它沿着山谷，往工地方向驶来。隐藏在山洞里的瞭望哨立刻亮出了红旗。红旗挥几下，工地上的铁锤停止了挥动，钢钎

青年洞施工期间，杨贵(右六)陪同河南省委书记处书记史向生(右七)来到工地

中国红旗渠

停止了敲击，莽莽大山，一片沉寂。

汽车开不上悬崖，人也很难攀上绝壁，检查人员只能站在山下这里看看，那里看看。看一会儿，没发现什么异常情况，也就掉转车头走了。瞭望哨亮出一面绿旗，工地上重新响起了开山的声音。

就这样"明修栈道，暗度陈仓"，300名青年在洞中经历了不平凡的寒暑往来。1961年7月15日，青年洞里那些坚硬无比的石头一点一点被清理干净，隧洞全部完工了。红旗渠渠线，又艰难地往前延伸了616米。

青年们用写诗的方式，表达内心深处的喜悦：

小鬼脸，
把渠挡，
革命青年当闯将。
凿条山洞流渠水，
力量来自党培养。
闯过千难和万险，
当今愚公斗志昂！
千山万水我指点，
定叫山河换新装！

第十一章　乱云飞渡

　　在林县采访，笔者有一个强烈的感受：红旗渠不仅是一项水利工程，更是一段历史。 它不仅在当年就凝聚了鲜明的意识形态特征，而且，直到现在，它仍然折射着中国社会的政治、经济关系。 当年，围绕红旗渠，林县的大地上发生了太多的争论。 有时候只是一种口舌之论，最多是意气用事，但有时候就不那么简单了。 它完全不同于传说中愚公移山时的"智愚"之争。 愚公智叟之争，是一种观点之争。 你干你的，我说我的，或者反过来，我说我的，你干你的，无所谓。但有关红旗渠的争论，可就要上升到"阶级斗争"的"高度"了。 从原林县县委组织部部长路加林和人民银行原林县支行行长路明顺的遭遇上，我们可以清楚地看到这一点。

惊 险 一 幕

红旗渠工程刚刚动工，就有人表示反对，认为林县搞这么一个大工程不现实，是"隋炀帝凿运河"，指责县委"修渠硬充好汉"。到第一期工程完工，这些议论一直没有消失。青年洞上300名青年和太行山鏖战时，危机也在慢慢积累。趁着"百日休整"之际，又有人开始老话重提了。

不同的是，这一次，议论不仅仅停留在"指责"或者"流言蜚语"的层面，它们被汇报到了中共中央书记处书记、国务院副总理谭震林那里。

此时，谭震林副总理在新乡县七里营公社蹲点，指导纠正"大跃进"以来农村工作中"左"的偏差。

谭副总理本来就对一些地方"左"的做法很不满。现在，有人说，杨贵不顾百姓死活，坚持修红旗渠，林县群众没饭吃，树皮都剥光了，"猪撞到南墙还知道回头，林县就是不回头"，他的忧虑和愤怒自然可想而知。

——谭震林副总理，人送绰号"谭老板"，他的脾气可是有名的。

1961年7月初，谭震林副总理在新乡的豫北宾馆召开会议，安排部署农村纠"左"工作。会上，谭震林严厉地批评起林县的工作：群众没有饭吃，林县还在强制群众修渠，还把引漳入林渠改名红旗渠，真是"死抱着红旗不改"，"左"的阴魂不散。这个县委书记是个死官僚，应该撤他的职！

副总理发话，分量当然非同一般。 杨贵和红旗渠的命运，到了生死关头。

此时，林县县委组织部部长路加林在这里开会。 小组讨论会上，路加林坦率地表达了自己的观点：领导同志对林县的批评，不符合实际情况。 林县不存在群众把树皮都剥了的问题。 修红旗渠，杨贵做了非常细致认真的调查研究。 他考虑问题很客观，不是死官僚。 谁是谁非，调查一下就清楚了。

路加林的话让大家面面相觑。 他的意见反映到地委领导那里，也反映到了谭震林副总理那里。

谭副总理火了：这个路加林，错了还不认错，不让人说话，这不是明摆着违反"三不主义"（不扣帽子、不揪辫子、不打棍子）嘛。 把他的组织部长撤了，调出林县。

撤杨贵的职务，需要河南省委批准；撤路加林的职务，地委批准就可以了。 会议当场宣布了这一决定。

7月14日，地委办公室通知杨贵到新乡参加会议。 他马上放下手里的工作，匆匆忙忙赶到新乡。 此时，已经接近傍晚了。

一走进豫北宾馆，杨贵就感觉到了那里紧张的空气。 以往，无论在哪里参加会议，老朋友见面，都非常热情。 可这次，杨贵发现，没有人敢和他握手了，人们见了他都是躲着走。

杨贵不可能没有压力。 红旗渠工程刚一上马就有不少人非议，他是顶着一部分人的责难来筹划的。 可他又很坦然。他自认修渠不是罪，没有个人想法，也没有人借修渠的机会中饱私囊，红旗渠每一分钱的账目都清清楚楚，不怕查。

晚饭后，在地委工作的一位老朋友悄悄来看杨贵。他告诉杨贵：路加林已被宣布撤职，谭副总理点了你的名。情况很严重，你得做好思想准备，明天的会议就是冲着你的。

杨贵很吃惊。他知道一直有人对修红旗渠有意见，可怎么也想不到情况到了现在这样的地步。

晚上，地委书记找杨贵谈话。他说，林县违背了中央指示，上级安排"百日休整"，林县还在吃野菜、剥树皮地修建红旗渠，要好好检讨一下。

杨贵一时之间非常激动。他向地委书记提出几条意见：

路加林向会议提出的意见是实事求是的，不应该被撤职；修渠，是我杨贵拍的板，跟路加林没关系，要撤职，先撤我的职；林县已经安排和执行了"百日休整"的指示，绝大多数民工都回家了，只留下很少的民工开凿青年洞，县里对他们有特别的补助，林县不可能出现"把树皮都剥完了"的事；我是一名共产党员，有权利向上级反映情况，请地委把我的意见向省委、中央反映。

地委书记只有一句话：那好吧……

第二天上午的会议，是在一阵压抑和沉默中开始的。中南局、河南省委、新乡地委都有领导同志参加。

会议开始，几位县委书记先后发言。发言的内容是，检讨自己所在的县工作中出现的"左"的错误。几位县委书记相继谈到当地由于缺粮，农村出现的非正常死亡情况。发言里反映的情况之严峻，让会场的气氛十分凝重。

杨贵一边听，一边在考虑着林县的事，考虑着前一天晚上地委书记和那位老朋友的劝告。要不要发言？怎么发言？

他一时拿不定主意。

有人传给他一张字条儿。打开一看，是河南省委书记处书记史向生写的：杨贵同志，争取早发言，认真检讨，取得主动。

杨贵很清楚，史向生是在保护自己。从修渠开始，史向生便给了林县人强有力的支持。他不仅在工程筹划时帮助林县向山西省委斡旋"借水"，而且一直关心红旗渠工程的进展情况。1961年2月初，史向生专门抽出时间来到青年洞施工工地，在杨贵和马有金的陪同下，看望青年民工。他鼓励大家：坚持就是胜利。史向生的到来，给杨贵和林县人增添了更多的信心。

史向生的意思很明白：服从上级，态度好一点，检讨深刻点，取得上级领导的谅解，不就过关了嘛。

但是，此时此刻，杨贵已经有了主意。

他发言了。他的发言内容和前一天晚上向地委书记表达的意思是一致的。

他说：领导批评我们修红旗渠，我冒昧问一句，到底有多少人去过林县，对林县的情况了解多少？ 林县缺水，不搞红旗渠，几十万人的用水问题永远解决不了。不解决林县水的问题，就不配当一个林县的干部。国家困难，我们也困难，幸好我们有一些储备粮，我们拿出来一部分补助困难群众和修渠民工。

他接着说：我认为，农村出现的问题，应该实事求是地分析解决。是哪一级的错误，就应该由哪一级纠正。不能够不分青红皂白，一味责备下边。林县修渠，符合林县人的需求。 如果有什么问题，责任在我，撤我的职可以，撤路加林的职，我不同意。

会场里一片沉寂。 谭震林副总理一句话也没有说。 良久，主持人宣布，暂时休会……

会后，谭副总理以最快的速度向林县派出了调查组，到林县了解情况。 很快就有了调查结果。 杨贵所讲，一切属实。林县县委常委、组织部部长路加林的职务被恢复了。

"胆大包天"的杨贵后来评价：谭副总理不愧是老革命家，胸怀坦荡，是一位善于了解下情、善于倾听群众意见的好领导。

内心深处，杨贵是有底气的。

一个正直的官员，只要自己没有私心，没有贪欲，只要一心想为公众做实事、做好事，生尽一切办法做成事，有什么可担心的呢？

同事的人品，他非常清楚。 那是他的下属，和他朝夕相处，执行的是他的命令。

林县的情况，他了解得一清二楚，也必须了解得一清二楚。 他是这里的最高领导者，任何一个决策都会产生非同一般的影响。

他和他的同事们，给工地订了规矩。

这些规矩，他们这些当领导的，自己就得先做到。

工地上，每一斤炸药、每一斤粮食、每一根钢钎都要入账。 先到保管那里，登记好，入库，一一对应。 谁来领，谁签字。

领炸药，根据所要炸的石头的硬度，数量精确到两。 谁领谁负责。 鼓励节约，用多了，也不给补。

领粮食，严格按照定量，哪一天，有多少人吃饭，有没有伤病员，需要多少粮食，什么粮食，一笔笔账，都要记下来。

制度就像笼子，把工作的每一个关口都关在里面，谁想要从中间做点手脚，可是比登天还难。 ——即便是做了手脚，那些账本可都记着呢。 红旗渠工地上的所有账目都有零有整，什么时候想查，一查一个准。

工地上还有明文规定：干部和民工一样，不能开小灶，不能搞特殊化，吃饭、住宿、干活儿、学习、商量施工方案都在一起，干部也要抡大锤、凿石头，也有定量，当天完不成，第二天必须补上。 不一样的是：干部的伙食补助要低于民工。如果粮食供应不上，补助会有所降低，但降低必须一起降低，仍然是干部的补助低于民工……

就拿杨贵来说，有一天在工地上，一位炊事员悄悄给杨贵煮了一碗小米干饭端给他，杨贵一下子火了：群众吃什么，我就吃什么。 民工们那么累，还吃那么少，我怎么能开小灶！

结果，小米饭倒到大锅里，勺子一搅，成了几十个民工的腹中餐。

红旗渠工程修了将近 10 年，投资 6000 多万元，从来没发生一起贪污、腐败、挪用修渠物资、公款请客送礼的事情。没有一个干部失职渎职。

这是红旗渠的骄傲，是全体林县人的骄傲，也是那个年代中国人的骄傲。

很多年之后，回忆那难忘岁月，当年的县委书记杨贵曾对来访者说：当时我们要是稍稍有点私心杂念，红旗渠绝对修不成。太平官好当啊。但是当时大家没有一点想靠这个当官的意思。群众最急切要解决的问题是什么，是缺水，那就修渠……

历史，说到底是公正的，即便它的天空常常会有乌云飘过，但当乌云散去的时候，大地之上所有的美与丑、善与恶、忠诚与背叛，都脱尽了遮蔽或伪饰，一切都显露出来它本来的面目。

"政声人去后，民意闲谈中。"直到今天，红旗渠工地上，上自县委领导，下到普通民工，他们的干劲儿、精神、作风、行为，依然被传颂着，他们的故事，也成为历史的镜鉴，映照着后来者的道路，让他们在清风明月之中，怀着一种更加坦然、更加平静的心灵，更加坚定地向前。

一个人的命运

路明顺是路加林的叔伯兄弟。1960 年，路明顺由林县计委调到人民银行林县支行行长的岗位上。此时，正是红旗渠工程开工的第一年。林县成立的后勤指挥部，路明顺是小组成员，负责工程资金供应工作。

我们在前文中曾经提到过，1958 年"大跃进"时，到处刮共产风，实行"一平二调"，后来中央纠正了这一做法，开始退赔。退赔给林县的款项是 280 万元。这 280 万元中的 140 万元由县财政局发放。余下的 140 万元的退赔期票由银行国库保存发放，发放近 80 万元后，剩下的 60 余万元仍在银行国库存放。 1962 年，上级银行发文件通知说，期票发过的就发过了，没发过的，暂停发放。

也就是说，没发的，先不发。 至于以后发不发，没讲。但依照一般情况推理，应该就是不下发了。

路明顺看到这份文件，心里非常着急。 剩下的款项发不下去，林县很大一部分损失就无从补偿，更重要的是，修红旗渠缺钱，还指望用这笔款呢。

当时正在乡下参加整党的路明顺赶快返回县城，向县委汇报此事。 他提出建议，抓紧时间应对，"为了解决林县人民缺水的矛盾，明知这样不符合规定，但还这样做，但不说瞎话，退赔期票在国库保存，就发不出去"。 他下定了决心，"就是犯错误，也要想办法从国库提出来发出去，支持红旗渠建设"。

县委同意了他的建议。

第二天，路明顺赶到安阳地区中心支行，找到了陈行长。他说，退赔期票，早已经发放完，只不过没办手续，没有转账。

陈行长说，既然已经发下去了，那就转账吧。

就这样，退赔期票变成了现款，分到林县的各个公社。红旗渠工程施工中，这些钱，就三万五万地用上了……

1963 年 11 月，林县来了一个调查组。

调查组的任务是：调查"一平二调退赔款"的使用问题。

一到林县，调查组便找来县委几位领导谈话：接到林县某些人的揭发，路明顺不经上级批准，动用"一平二调退赔款"，随意支配国库里的钱。 他犯了严重错误，要承担责任。

县委书记杨贵、县长李贵、县委书记处书记秦太生坚决不同意这些"揭发"的意见。 他们认为，退赔款属于林县，林县完全有权支配。 用在哪里都不能算错，只要合理合法，没有人应该承担什么责任。

调查组认为，款项即便属于林县，也要由上级批准后才能动用。 不经审批就把它用掉是不允许的。

逼急了，忠厚老实的县长李贵说了实话：因为我们等着用钱。 要是等上边审批，还不是得个一年半载的，红旗渠工程等不了。

末了，李贵说，我是县长。 要是说算犯错误，错误是我的。 要处分，处分我好了。

秦太生说：是我通知路明顺办的手续，责任在我。

杨贵说：我是县委书记，是县里的一把手。 用钱的事，是我拍的板，要不是我拍板，别人谁也不会去拍那个板。 这事跟别人没有关系。 责任我一人承担。

调查组的人觉得奇怪：有的地方，出现什么问题，领导干部都是往别人身上推，推不掉也要硬推，没见过像林县这样的，事情都往自己身上揽。

调查了几天，让路明顺写了检查，还要撤销路明顺的职务。

县委坚决不同意这一处理意见。 最后，上边给了路明顺一个党内警告处分，调出银行工作。 此后的每次"运动"，都会有人说路明顺的事儿，他的命运也同人们对红旗渠的评价紧密地联系在一起。

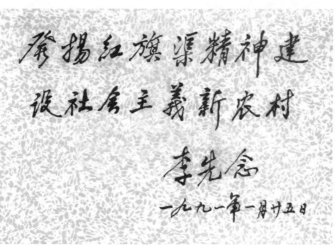

李先念同志一直大力支持红旗渠工程。这是他后来给林县的题词（郭端飞摄）

　　后来，调查组的报告送到了中央主管财贸工作的国务院副总理李先念那里。李先念看了之后说："这不是什么大问题，也不要把它看得过重了，动用这个钱合情合理，只不过有点不合当时的规定。"

　　怎么个"不合当时的规定"？ 2014年年底，笔者在北京医院采访杨贵时曾问过他。他说，这笔款子属于林县，但按照当时的规定，要动用它，得经过批准。当时，这种钱用得太多，一下子撒到社会上，恐怕引起物价不稳定。但当时路明顺的遭遇，还是因为林县和上级有矛盾——主要是地委个别领导觉得林县不听他们的话。其实他们根本没有到红旗渠调查过，只是听说林县有些人有些意见。但是修红旗渠，县委一班人是铁了心的——这是林县群众的要求，无论多困难，该干就得干。"从我个人来说，一心想的就是解决林县水的问题。 那几年不是已经修了不少水库嘛。 有人连以前修水库都反对，说'猪碰到墙上都知道回头，林县县委就是不知道回头'，意思是以前修水库失败了。 其实哪里失败了？ 南谷洞水库、弓上水库都成功了。"

事实真相也就是这样。

时隔 7 年之后的 1970 年 7 月 20 日，财政部党组向党中央的报告中写道：

> 河南省林县不顾条条的限制，集中了可能集中的财力、物力，大搞群众运动，经过 10 年的奋战，建成了长达二千（应为一千五百——作者注）余公里的红旗渠，还兴办水泥、煤窑、机械等小型工业，全县工业大翻身，工业蓬勃发展。如果按老规矩，就办不到。

至此，"动用退赔款"的问题才算尘埃落定。

中国人民银行林县支行行长路明顺后来获得平反。 1978 年 6 月，他在林县生产指挥部主持工作，带队到平顺县协调红旗渠用水时，在平顺县石城公社发生车祸，身上骨头断了 12 根，脑震荡。 民政部门发给了他一等残废证书。 后来担任林县人大主任。

2014 年年初，当笔者致电路明顺之子路畅文的时候，我听到电话里传来了清晰的普通话。 与我在林州听到的难懂的方言截然不同。 我问路畅文：您父亲当年的遭遇，您有多少印象？ 他说，当时还小，大部分事情都不知道，只是影影绰绰地听大人说了一些……

我陷入了沉默。历史当事人的亲人都难以了解父辈们的真相，今天的我们，能够说真的已经理解当年的修渠者了吗？

一个明确的事实是，20 世纪 60 年代初的中国、河南、林县，站在不同的角度，对历史的当事人分别做出了不同的判断。但是，我们明显地感受到了，在维护集体利益、维护老百姓利益方面，国家、省、县的领导同志们的选择是一致的。

"盯着你们的大有人在"

在那乱云飞渡的岁月，也不乏河南省委、中央领导对红旗渠的关注。

1961 年 9 月 8 日，河南省委书记处书记杨蔚屏带着工作组来到林县考察。他沿着渠线走了一段，又来到几个公社、大队走访干部群众。他关心的问题是：林县的粮食到底有多少？林县人有没有饥荒？老百姓对修渠到底是什么看法？他得出的结论是，林县路修得好，对山区经济发展有利；林县有困难，但储备粮搞得好，就连偏远的四方垴大队储备粮也不少；林县人支持修红旗渠，红旗渠是给林县人谋幸福的。

不过，杨蔚屏可不是专门来说好听话的。回到县里，他专门给几位县委领导开会。他一连提了几个问题：

有些人对你们修建红旗渠意见不少，认为有盲目性。红旗渠是沿山錾过来的，修这么长，渠线的勘测准不准？渠修成了，水能不能流到林县？ 流不过来怎么办？ 浊漳河的水，泥沙含量很大，渠道淤积堵塞了怎么办？ 过水量那么大，渠底塌了、渠墙垮了怎么办？ 有没有把握？ 所有这些问题，有一个问题出来，你们都是林县的罪人。 可要慎之又慎哪。 现在盯着你们的大有人在。

杨蔚屏书记的一番话，把杨贵吓出了一身冷汗。 虽然他安排水利技术人员测量了好几次，可也难说自己有百分之百的把握。

他不禁想起来，小时候，奶奶给他讲过：家乡汲县①有一个村子，缺水，乡亲们把不多的收入拿出一部分，凑到一起来修渠。 结果，渠道是修好了，可没有量准，下游地势高，上游地势低，水没办法引过来。 主事人自愧不已，自缢而死。

杨蔚屏的担心，在杨贵内心深处也一直隐隐存在。 红旗渠经过的地方是崇山峻岭，70多公里的渠道，设计坡度只有1/8000，没有先进的测量工具，也没有先进的技术手段，如果稍有差池，后果不堪设想。

他彻夜难眠，第二天一大早，就把林县水土保持局局长、副局长找来，将杨蔚屏书记那番话转述给他们听，让他们马上组织技术人员再把渠线测一遍。

末了，杨贵说：水流不过来，我们就成了林县的千古罪人，就只能从太行山最高的山上跳下去向老百姓交代了。

两位局长告诉杨贵，渠线测量过很多次，对施工，考虑得也很细，工程应该没问题。

---

① 汲县即今河南省卫辉市（县级市）。

杨贵不放心，让他们马上组织技术人员，再测量一次，还请来省里、地区的水利专家进行技术把关。 再次测量的结果表明，设计没有问题，施工方法也没有问题，尽可以放心。杨贵这才表示：按照原方案施工。 ——但是，他心里还是一直不踏实，直到红旗渠通水，悬着的心才真正放了下来。

不 二 选 择

　　1962 年 9 月下旬，杨贵到省里参加会议。 9 月 21 日晚上，刚刚来到河南主持工作的省委第一书记刘建勋和第二书记吴芝圃专门召见了他，听他汇报红旗渠建设的情况。 杨贵一口气将红旗渠修建的前前后后向两位领导讲了一遍。 末了，他坦率地说，新乡豫北宾馆会议之后，县委压力很大，林县人是在提心吊胆地建设红旗渠。

　　刘建勋说，他知道杨贵和林县的情况。 豫北宾馆会议上，对林县的处理，他不赞成。 林县的工作是能够经得起考验的。 他说，庐山会议上，周恩来总理还专门问到林县的情况，周恩来总理认为修红旗渠是件好事。

　　这是周恩来总理第二次专门了解林县的情况。 第一次，是 1957 年杨贵在全国山区生产座谈会上发言之后。

　　刘建勋接着把目光转向了坐在一边的吴芝圃。 他说：

　　"芝圃同志，红旗渠那样大的工程不支持一点钱，说不过去。陶铸①同志也说过要支持红旗渠。我看要从今年省里的行政经费节约下来的钱中,给杨贵他们解决一二百万元。他们的自力更生精神太好了。"吴芝圃说:"可以,我们应该积极支持。"②

当时的一二百万元,可不是个小数字,杨贵来见两位领导之前,想也不敢想。 这真是雪中送炭。

他更高兴的是,省委能拨钱给林县,说明红旗渠得到了中央、中南局和河南省委领导的重视和支持。 周总理、陶铸书记都支持红旗渠,还有什么可担心的呢? 大胆地干,努力地干,争取早日把工程建成通水,这是林县人的不二选择。

---

① 陶铸当时任中共中央中南局第一书记。
② 《红旗渠志》,河南省林州市红旗渠志编纂委员会编,三联书店,1995 年 9 月第 1 版,第 474 页。

第十二章　千年梦圆

一种精神的诞生

没有迎不来的黎明，没有送不走的夜晚。 无论过程有多么曲折，红旗渠渠线上的建设者，凭借着毅力与耐心，让渠道一点一点地往前延伸着。 当时间来到 1965 年 4 月 5 日的时候，他们迎来了总干渠通水典礼。 它标志着，红旗渠最艰难的工程——第一期（即总干渠）工程完工了。 漳河水，终于流淌到了林县。

林县人不能不感慨系之。 水是他们的命根子。 他们盼水，盼得太久了。 千年之前，他们就在梦想着这一天。 5 年之前，他们为着心中的梦想，迈出了奔赴太行山的步伐。 他们与太行山进行了一千多个日日夜夜的拉锯战。 他们洒下了血汗，甚至有人付出了生命的代价。

虽然红旗渠没完工，但修渠的这些年，一些地方已经开始用上了自来水。它已经给林县带来了巨大变化。1964年，夏粮、秋粮接连丰收，林县粮食亩产达到了创纪录的423斤。其中，任村公社粮食亩产超过500斤。县、公社、大队、小队都有储备粮，绝大多数农户家里也都有了储备粮。

别小看这亩产400多斤的数字，它可是几年前中央制定的"全国农业发展纲要"里追求的数字。这个纲要提出，从1956年开始，在12年里，北方的粮食亩产要从150斤增加到400斤。

更不能小看它对林县人心理上带来的冲击。几年前"大跃进"时，杨贵在地区领导的"启发"下，算上小麦的水分，勉为其难地报了个亩产125斤。现在，他们的收获，实打实地超了400斤，这怎能不令人欣喜。

林县是河南省第一个"粮食上纲要"的县。想一想，在这土薄石厚的太行山里，能有这样的收获，是多么令人振奋。

所以，县委书记杨贵在通水典礼上抑制不住地抒发自己的感情：

> 漳河水是来之不易的。当你用红旗渠水浇地的时候，当你用红旗渠水做饭的时候，当你用红旗渠水发电的时候，当你用红旗渠水加工的时候，当你用红旗渠水洗衣服的时候，千万不要忘记中国共产党的领导，千万不要忘记国家的支援，千万不要忘记兄弟县和兄弟单位的帮助，千万不要忘记红旗渠的每一滴水都是干部

和民工们的血汗换来的。①

他也很自豪。 他用抑制不住的激动总结着修建红旗渠给林县带来的好处：不光能让林县的水浇地更多，解决大多数生产队的人、畜用水问题，更重要的是让大家信心更足了。"5年来在红旗渠工地上有200多人学会了测量渠道，有两万多人学成了石匠技工，有500多人成了独当一面的施工能手。 这些人是修建红旗渠的骨干，也是建设山区改变林县面貌的主力军。"

读杨贵的这段话，我们发现，他的目光没有在红旗渠工程上止步。 放眼未来，他已经看到了修渠有可能给林县带来的变化。 红旗渠建设正在途中，林县的建设未有穷期。

行百里者半九十。 杨贵深知这一点。 通水典礼上，他便开始对下一期工程进行了动员："继续发扬修建红旗渠总干渠的革命精神"，完成"工程配套、平整土地、综合利用、渠道管理、合理用水"的任务。

这个报告里，杨贵第一次把修建红旗渠的成功经验提升到"精神"的高度。 它标志着，北中国的太行山麓，伴随着林县人兴修水利而孕育、诞生的"自力更生、艰苦创业、团结协作、无私奉献"的红旗渠精神第一次得到命名。

当天下午2时30分，参加通水典礼的安阳地委书记崔光华剪彩之后，杨贵宣布开闸放水。 红旗渠水像一群骏马，从分水闸里奔腾而出。

---

① 《红旗渠》，中共河南省林县县委党史资料征集编纂委员会、河南省林县水利局、河南省林县档案局编，河南人民出版社，1990年6月第1版，第62~63页。

林县举行过多次红旗渠通水典礼。这是一、二、三干渠建
成后的典礼（魏德忠摄）

　　这是红旗渠的节日，是林县人的节日。 河南日报社的摄
影记者魏德忠先生用相机记录下了当时的情景：太行山巍峨耸
立，红旗渠水波涛汹涌，会场上旗帜飞扬，分水岭上人山人
海。 此前分布在渠线上的民工们，此刻在这里汇聚成了强大
的洪流。 洪流里翻涌着一面面红旗，红旗前簇拥着手捧"劳
动模范"奖状的施工人员。 这样的场面，怎能不让 50 多万林

县人欣喜若狂!

此时的杨贵还不到 40 岁。 他一定不会想到,他所见证的这一时刻,将来会怎样深刻地被历史铭记。 但历史自有它的逻辑,谁为人民群众办事,人民群众一定会念叨他的好。 为历史负责,历史一定会做出公正的评价。

就在总干渠通水典礼举行后的第二天,河南省委第一书记刘建勋来到林县,查看了红旗渠的情况。 他在林县贫下中农大会上发表了长篇讲话,赞扬林县奋发图强、自力更生的精神。

10 天之后的 1965 年 4 月 18 日,《河南日报》发表社论,为林县人喝彩。

社论里说:

> "愚公移山,改造中国。"林县人民是社会主义时代的新愚公,是革命的闯将。他们不仅具有敢于改天换地、力争上游的雄心壮志和藐视困难、百折不挠、坚韧不拔的大无畏精神,而且还善于把革命热情和科学态度结合起来,通过革命实践认识和掌握事物的客观规律,运用事物的客观规律,去促进事物的发展,改造客观世界。

社论还批评了"反面":

> 在我们的队伍中,还有一些庸人,他们缺乏革命精

神,不敢破旧立新,更不敢发明创造,整天庸庸碌碌,无所作为。人家没有干过的事,他不敢干;人家在试验的事,他只是观望一下,也不干;人家干成了的事,他强调自己的条件不同,还是不干。有些事情偶尔他们也跟着干了一下,别人认真地干、坚持地干,成功了,他却只是那末干一下,或者半信半意(应为"疑"——作者注)干了一阵,失败了,从此不敢再干了。这是一种十足的懦夫懒汉思想,是与我们的时代要求格格不入的。

同年12月18日,《人民日报》在头版位置发表了《党的领导无所不在——记河南林县人民在党的领导下重新安排河山的斗争》。同时还配发《创造更多的大寨式的先进县》的社论。文章说:"劈开太行山,修建红旗渠,这是林县人民在改造林县旧山河的斗争中的一个大胆的壮举,是从根本上改变林县自然面貌的有决定意义的一战。"同时,文章还认为,"林县,是一面大寨式先进县的红旗。扛起这面红旗领导全县人民在斗争中前进的,是林县县委。正像大寨有一个坚强的党支部一样,林县也有一个马克思列宁主义的领导核心。"

省委、中央的机关报都表了态,表态中不仅肯定红旗渠工程,还肯定了林县县委。它意味着,在红旗渠工程的推动者和责难者的对峙中,前者占了上风,后者终于落败。至少,此时此刻,在林县,人们对那些反对修建红旗渠的风凉话,都不当一回事了。那些话,也只能私下里说,公开场合也摆不到台面上了。

正像杨贵后来回忆的:"总干渠全部通水,地委领导中,原先批评红旗渠的也不批评了，林县那些写信告状说红旗渠长短，说我们不顾群众死活的，都不说了。"他还说，"红旗渠如果晚修一两年，肯定修不成。当年，全国都困难，山西也困难，没有人跟咱争水。等大家都缓过劲儿来，到 1960 年、1961 年引水，肯定就不行了。都知道水的重要性。"

这是一个来之不易的局面。红旗渠工程开始酝酿，林县就一直有人反对，一边修渠，还得一边提防着这些人的小动作。事实永远是最有力量的。红旗渠自一开始就存在着的各种质疑、反对，乃至阻挠，曾使这样艰巨的引水工程经历了许多的烦恼、曲折。现在，不用费什么口舌了，红旗渠可以说话了。绵延 70 公里的总干渠、浪花飞溅的红旗渠水，证明了林县人 5 年前的选择是正确的。

又一个春天

最复杂的局面已经过去，最艰难的任务已经完成。然而，老天似乎非要跟林县人过不去。就在总干渠通水典礼刚刚结束、分水岭上的喝彩和掌声还回响在耳畔的时候，林县又一次遭遇了旱情。

《林县志》的记录是：春、夏、秋大旱，东岗、横水、东姚等公社庄稼枯死。

写下来寥寥数语，但想要熬过去可是度日如年。

"春、夏、秋"——这场干旱持续了半年还要多，全县只在 7 月初的时候滴了几点雨，其余时间都是在盼雨的焦急中度过。 在那漫长的100多天，河道见底，水库和池塘干涸，多数山泉销声匿迹，就连林县人挖的旱井，大部分也没有存水了。

红旗渠经受住了严峻的考验。 林县人发现，凡是先用了红旗渠水的地方，禾苗碧绿，叶肥秆壮，粮食收到家里，一称，都是增产的。 而那些还没办法用上红旗渠水的地方，满目枯焦，庄稼都耷拉着脑袋，减产是必然的了。

姚村公社大池村是先用上红旗渠水的村庄。 秋收将近，几位村民来到玉米地里估产。 看庄稼的长势，收成应该不

杨贵和群众在一起(魏德忠摄)

错。 他们议论半天，提出了一个以前想都不敢想的数字：亩产 225 公斤。 可这样提出来后他们又不放心。 毕竟，玉米刚种下去的时候，没有"淋头雨"，依照他们的经验，不会有太好的收成。 这一年的玉米，全是用红旗渠水浇出来的，应该会好一些，但是能够好到什么程度，他们没把握。 隔了几天，几个人又来到玉米地里。 此时的玉米棒子已经完全成熟了，长得又大又粗，颗粒饱满。 他们几乎是不约而同地给出一个数字：240 公斤。 玉米棒子掰回家，晒干、过秤之后，最后的结果出来了：257 公斤。

而水源一向缺乏的任村公社石岗村，这年用红旗渠水种出了亩产 9000 公斤的大白菜。 之前，这里根本没办法种蔬菜。① 想吃上菜，难得不得了。

事实是最好的老师。 有水无水两重天。 这一下，大家都知道该干什么了。

1965 年 9 月，红旗渠工程三条干渠全面开工。

这一年的红旗渠工程，可谓占尽了天时、地利和人和。

国家的形势在好转，林县的情况比几年前也好了很多，河南省领导又给了林县精神上和物质上的双重支持，此为天时；三条干渠，全部在林县自己的土地上施工，物资运输、组织施工都很方便，林县境内的山，也没那么高了，施工现场也没那么危险了，此为地利；林县上下，几十万人一条心，修总干渠的几年积累了丰富的经验，现在，他们只需要把这些经验移植过来，再因地制宜地用上就行了，此为人和。

---

① 此处参考了王怀让等著《中国有条红旗渠》一书。 河南大学出版社，1998 年 12 月第 1 版。

逢山开路，遇水架桥。

欢声笑语，你追我赶。

可以想象得到这群太行汉子内心深处的喜悦。愚公的子孙们，5 年来，日复一日地"与天斗、与地斗"，肩膀上扛着的是太行山上的千斤巨石，心里面承受的是"智叟"们的流言与非议。现在，他们没有包袱了。他们浑身轻松。他们满身的力气。渠道上的水在哗哗流淌，他们内心深处的另一条河流也水声淙淙。

三条干渠建设的速度，远远超出了杨贵的预计。到 1966 年 4 月的时候，三条干渠全部竣工，离动工时间还不到一年。

今天，在《红旗渠示意图》上，我们可以清晰地看到，三条干渠大致呈"爪"字形分布，上面的一撇，在分水岭那里，是三条干渠和总干渠连接的地方，下面的一撇、一竖和一捺，分别向林县的三个方向延伸。它们在山脉间见缝插针地穿过，穿过田野、村庄、道路，渡过一条条河流，将水库、池塘、其他的渠道连起来，织成一面巨大的网络，把平顺县侯壁断下的浊漳河水，源源不断地输送到林县的每一块土地上。

4 月 20 日，林县人又一次迎来了更为盛大、隆重的节日庆典：三条干渠竣工通水典礼。12 万红旗渠人汇集到林县的 5 个会场，21 万林县人在家里收听广播。他们和来自省委、地委的领导，山西省的客人一起，共同见证这一历史时刻。

此时的杨贵，不仅是林县县委第一书记，还兼任安阳地委书记。他的发言铿锵有力、意味深长："红旗渠的修建，是全县人民在中国共产党领导下向自然进军的一次大决战。通过修渠，进一步提高了干部群众征服自然的雄心壮志，增强了

'人定胜天'的信心和决心，人们改天换地的胆量越来越大，干劲越来越高。 在改造自然的过程中，也改造了人们的主观世界。"

河南省委第二书记、省长文敏生在讲话里说："林县人民在修建红旗渠的过程中，高度发扬了愚公移山精神，高度发扬了奋发图强、自力更生的革命精神，高度发扬了敢想敢干的创造精神。 自己设计，自己施工，自制工具，自造炸药……创造了人间的奇迹，通过艰苦的斗争，又锻炼了英雄的人民。"

文敏生说，"红旗渠是全省人民向大自然开战、艰苦创业的光荣榜样"。 他要求河南省各级党组织和全省人民"掀起一

1966年4月，红旗渠三条干渠通水典礼大会上，河南省委书记刘建勋（左四）接见红旗渠劳模

中国红旗渠

个学林县、赶林县、超林县的比学赶帮超运动"。

12 点 20 分，文敏生举起了剪彩的剪刀，杨贵宣布开闸放水。 会场内外，太行上下，掌声和欢呼声充满了春天的林县。

千年梦想，今日得圆。 中央新闻纪录电影制片厂摄制的经典纪录片《红旗渠》拍下了这一幕：人们拥挤在渠道边上，伸长脖子望着来水的方向。 几位质朴的山里汉子，头戴开山的安全帽，奔上水闸。 他们的步子沉稳而有力，他们推动了转盘，闸门缓缓提升，奔腾的漳河水汹涌而至。 白色的浪花，飞溅在渠边那些饱经沧桑的太行山人的脸上。 尝一口从渠道里打上来的水，笑在脸上，甜在心里……

巍巍太行不语，它铭刻着林县人战天斗地的豪迈。

滔滔漳河奔腾，它记录着红旗渠人直面艰难的坚强。

第十三章　树欲静而风不止

喝彩与掌声

1960 年，林县人之所以把引漳入林工程命名为红旗渠，有两个原因：一个原因是，红旗渠自动工之初，林县便不停地有人说一些怪话、风凉话表示反对。针对这种情况，杨贵说，我们就是要高举红旗，把红旗举得高高的，和那种思想做斗争。另一个原因是，在中国社会从上到下倡导"高举红旗"的年代，红旗，代表了那个年代的精神。而飘扬的红旗，何尝不是太行山人高昂的乐观主义的象征？现在，红旗渠通水了，林县的红旗，比任何时候都更光彩照人、耀眼夺目。

就在红旗渠三条干渠通水庆典之后的第二天，1966 年 4 月 21 日，《人民日报》头版发布了消息，二版用一个整版的篇幅刊发通讯并再次配发《人民群众有无限的创造力——祝贺河南省林县人民修建红旗渠的伟大胜利》的社论。 对于一个县级行政区域的一项水利工程，能用这样大的篇幅来报道，在《人民日报》的历史上是不多见的。

社论中说：

> 林县县委知道,引漳入林,这是林县人民的迫切要求;实地勘察的结果表明,虽然工程十分艰险,但是完全可能做到。林县县委懂得,举办大多数群众迫切要求的事情,就一定能够得到他们的拥护;充分依靠群众的力量来办这些事情,就一定能够办成。正是这种对社会主义和共产主义事业的无限忠诚,对人民利益的高度关怀,使得林县县委敢于不顾一些人的责难和反对,毅然决然地在最困难的时候挑起了这副重担子,把改造自然的斗争坚持到底。[1]

> 用什么态度对待社会主义经济建设,是加强政治工作,充分发挥人的作用,还是忽视政治,突出物的作用和技术的作用? 林县人民用最有力的实践作了回答。全国每个地方、每个单位,如果都能像林县人民那样,敢于斗争,善于斗争,加强政治思想工作,充分发挥人民群众的积极性和创造性,我们国家的面貌必然能够更快地改变。[2]

---

[1][2] 转引自《红旗渠》,中共河南省林县县委党史资料征集编纂委员会、河南省林县水利局、河南省林县档案局编,河南人民出版社,1990年6月第1版,第116页、117页。

《人民日报》1965年12月18日头版刊载长篇通讯。所配发的社论称赞林县县委是"马克思列宁主义的领导核心"

《人民日报》1966年4月21日关于红旗渠三条干渠通水的报道

《人民日报》的态度代表着中央的态度。从这篇社论中，我们可以清晰地看出中央为什么如此看重红旗渠：林县县委"办大多数群众迫切要求的事情""充分发挥人的作用"。

"办大多数群众迫切要求的事情"是想事情、干事情的根本。在杨贵看来，政治思想存在于实实在在的工作之中，讲空话不仅没用，而且有害。群众的眼睛是雪亮的，群众的利益是具体的。无论哪朝哪代，无论谁是"一把手"，只说空话不干实事，人民群众就不会支持他；无论怎么说，做了违背群众利益的事，群众就会反对他；造福百姓，急群众所急，想群众所想，人民群众就会拥戴他。正如一千多年前的知县谢思聪，看到林县缺水的状况时，组织人力又是挖水池，又是修渠，他对林县的贡献载入林县的史册之中。直到当代，林县人还是发自内心地感激他。

而当年的河南省委第二书记、省长文敏生的讲话，为林县"充分发挥人的作用"提供了很好的注解：

> 有人提出："建设红旗渠是不是自力更生？"我要告诉大家，建设红旗渠截止到现在，不算劳动日工资，总投资 4000 多万元，国家补助 800 万元。有人提出"林县有那么多储备粮，是否征购任务太轻？"我要告诉大家，据地委提供的数字，林县的征购任务占安阳地区的 1/3 以上，年年完成征购任务，要统销粮最少。1961 年春，全省粮食最困难时期，林县县委为分担省委的困难，还支援灾区 1000 万斤粮食。还有人提出"林县人老实、听话，所以才建成红旗渠。"我要告诉大家，林县

人民的好思想,是多年来县委的好作风带出来的,本质问题还在于有共产党的好领导。建渠碰到了很多困难,交给群众,共同讨论,一个一个都解决了,这就是走群众路线的工作方法。有艰苦创业精神,才能自力更生,有自力更生,才能最大限度地去节约,办法才会想出来。①

中共中央最高机关报和河南省委领导的表态,为红旗渠精神的传播,起到了重要作用。 它意味着,红旗渠不仅是河南的典型,而且在全国开始产生广泛影响。

实际上,包括《人民日报》在内的中央媒体更早就关注到了红旗渠工程,关注到了工程修建过程中所折射的"中国精神"。

红旗渠工程动工不久,1960 年 5 月 11 日,《人民日报》发表了《人和岩石》一文。 作者金柯在文中赞扬:"太行山的雄伟气势,在人民的冲天干劲面前,显得黯然失色了!"

1961 年 1 月 10 日,《人民日报》发表了杨贵的署名文章《摸大自然的脾气》。 文中虽然没有直接提到红旗渠,但总结了林县县委和林县人民认识自然、改造自然,按自然规律和客观规律办事的经验体会。②

周恩来总理对红旗渠非常关注。 直到去世,周恩来一直没有去过林县,但是他对红旗渠、对杨贵多次给予了直接或间接的支

---

① 《杨贵与红旗渠》,郝建生、杨增和、李永生著,中央编译出版社,2011 年 6 月第 1 版,第 213 页。

② 此处参考了郝建生《〈人民日报〉与红旗渠》一文。《新闻战线》2007 年 10 月 10 日第 10 期。

持。 无论红旗渠默默无闻还是名动天下，无论林县人是在苦苦支撑还是"形势一片大好"时，周恩来总理的态度是一贯的。 他还在不同时间、不同场合，承担了红旗渠精神"宣传员"的角色。

1965 年国庆节后不久，在党中央、国务院的直接推动下，全国大寨式农业典型展览在北京农展馆开幕。"林县红旗渠图片展"引起巨大的轰动。 周恩来和朱德、董必武、邓小平等同志都来参观。 在展出会场，周恩来关切地问到林县有没有沙盘模型。 当得到否定的回答后，他说，应该搞一个。 沙盘模型更直观，看起来效果更好。 他还对讲解员说，应该到林县实地看看，这样的话才能了解得更细，讲解也会更生动。遵照周恩来的指示，北京农展馆制作了一个沙盘模型。 可惜这个模型后来在"文革"中被毁。

如果说，之前的媒体报道，仅仅让读者知道了一个模糊的红旗渠和抽象的红旗渠精神，那么，林县红旗渠图片展就为人们展示了一个具体的、生动的红旗渠。 陡峭的太行山、惊险的崖上除险、九曲回肠的渠线、手握大锤钢钎的太行山人……感人肺腑，撼人心魂，让无数参观者的内心生发出赞叹和尊敬。

1966 年 2 月 14 日，河南省委在传达中央召开的八省、市、区抗旱工作会议精神时讲道：周恩来总理说，搞农田水利建设，要认真推广先进经验。 林县红旗渠的经验很好，一个那样严重干旱的县，水的问题解决得好，这个经验现在还没有被大家所认识，也还没有推广开。

有一次，杨贵去人民大会堂参加会议。 开会前，周恩来总理见到他，又提了一个问题："杨贵同志，你红旗渠引的是浊漳水还是清漳水？”当听到杨贵问答“是浊漳河的水”时，周总理说：“那红旗渠水源就有保证了，浊漳河水源充足。”杨贵后来说：“当时我想，周恩来总理日理万机，全国事情那么多那么繁忙，还在惦念着红旗渠，我们一定要把红旗渠的事情办好。”

杨贵是清醒的。 红旗渠人付出了鲜血和汗水，收获了喝彩和掌声，但是他们还不能停步。 工程还远没有结束，还有不少的配套项目需要马上动工。

1966 年 5 月 5 日，林县县委召开支、斗渠配套誓师大会。杨贵在会上对全县以红旗渠为主体的水利配套工作做了安排。

它是红旗渠工程的第六期工程了。 它的工程量依然庞大：

它要建完 51 条支渠和 290 条斗渠、4281 条农渠……全部长度加起来，共有 3739.5 公里。 渠线上，依然需要开山、放炮、挖洞、修渡槽。[1]

还要修水电站、加工站、水库、提灌站，还需要渠边修路、种树……还需要继续苦战。

这期工程，不光是在巍峨的大山上，它分布在林县的几乎每一个村庄。 它需要投入更多的人力……

在太行山上经过 6 年磨炼的施工队伍，已经今非昔比了。会烧水泥，会造“土吊车”，会配炸药……每个公社、每个村都有能工巧匠。 他们像一颗颗会发光的星星，一旦在林县的

---

[1] 参见《红旗渠志》，河南省林州市红旗渠志编纂委员会编，三联书店，1995 年 9 月第 1 版，第 284 页。

山坡和田野之间散开，就会点亮每一个隧洞、每一个渡槽。红旗渠配套工程开始动工，意味着红旗渠动工以来最壮丽的风景就要在林县的历史上出现了。 假如它能顺利完工，也就意味着县委书记杨贵绘就的蓝图在林县的大地上实现：

清水高山流，渠道网山头；
吃的自来水，鱼在水中游。
遍地苹果笑，森林满山沟；
走的林荫道，两旁赛花楼。
耕地不用牛，点灯不用油。
不缺吃和穿，不怕灾年头。
山区人民永无忧！

"文革"来了

但是，红旗渠注定还要经受更多的考验，林县县委和杨贵，还要经受更多的曲折与磨难。

——这是一种太常见的现象了，简直就是社会进步发展的"铁律"。 林县人绕不过，杨贵绕不过。 没有人能够绕得过。

无论绕过绕不过，坚持下来，就是胜利。 但坚持下来，也意味着需要更为悲壮的承担。

现在，红旗渠遭遇的严酷事实是："文革"来了。

像全中国绝大多数地区一样，林县群众和杨贵一开始并没有把所谓"文革"放在心上。 那几年，"运动"不断，"人斗"不断，但人还是要工作、学习、吃饭。 运动也好，斗争也罢，能把人的肚子填饱吗？ 所以，绝大多数中国人对于一波又一波的社会运动，实际上已经看淡了、看轻了。

但是，这一次和以前不一样。

这一次，"运动"一来，就是"黑云压城城欲摧"。

今天，当我们能更清楚地看见历史的细节的时候，我们不能不为林县人修建红旗渠的曲折历程而感慨，也不能不为他们的"胆大包天"而后怕：他们参透了历史的喜怒哀乐吗？ 他们不清楚其中的风险和代价吗？

1966 年，标志着"文革"爆发的"五一六通知"发布不到三个月，疾风迅雨便到了太行山下。"造反有理"的口号响彻林县街头。 学生停课，工厂停产。 甚至一些女孩子的长发被剪，老太太的耳环被揪掉，手镯被强行捋下来拿走。 漂亮的姑娘双手抱头，呜呜痛哭；年迈的老人，耳朵上滴着血，呼天抢地。 造反派还是不肯就此罢手。 他们冲进商店，把卖化妆品的柜台砸烂，说是坚决不能给资产阶级小资产阶级的生活习惯提供支持。 造反派还来到县豫剧团大院，嚷嚷着要破"四旧"，要剧团把"帝王将相""才子佳人"的戏装拿出来烧掉。剧团的领导和演员愤怒至极，他们哪里能容忍自己安身立命的道具被眼睁睁地烧毁。 结果，双方发生了械斗，红卫兵们搞来了几瓶红药水，胡涂乱抹一气，弄得人头上、脸上、脖子上都是红药水。 一个大院里，到处都是红脸人。 这样一来，造反派更有借口了，说是封建阶级的孝子贤孙在武力抵制小将们的"革命行动"。

叙述这段历史的时候，我忽然想道：这样的时刻，假如有一双强有力的大手，在林县的天空奋力一挥；假如有一个权威的声音，面对林县那"造反"的人群，大喝一声"停"，那么，林县的历史，杨贵和红旗渠工程上那些决策者、修建者的命运就会改写了吧？人毕竟是理性的动物，需要安详地生活，从容地进行劳动和创造，需要平静地度过每一个日出日落。对美好生活的追求，是自然而然、发自内心的。没有人真的愿意让自己的生活陷入无休止的混乱、动荡和不安。

但是，历史不容假设。1966年的林县，没有这样一双大手，也没有那黄钟大吕似的声音，改变这片土地上的人们的命运走向。

实际上，造反派已经把矛头指向杨贵。他们总结了杨贵"最致命的问题"，归纳了杨贵的几条"罪状"：

1960年，生活那样困难，杨贵坚持修建红旗渠，是造成群众生活困难的罪魁祸首；

杨贵修红旗渠不是一功，而是一过；

红旗渠是黑渠，是"死人渠"；

杨贵是林县的"土皇帝"……

欲加之罪，何患无辞。山雨欲来，县委书记杨贵内心深处的焦虑和委屈可想而知。这一年他38岁，来到林县工作却已经12年。12年来，他把自己全部的精力和心血都献给了林县。他爱这片土地，爱这片土地上的人民群众，热爱他的同志们。大家的目标那么简单、那么真诚、那么明确——就是要让林县的老百姓能有水做饭、有水洗脸、有水浇地，为此，几千个日日夜夜，林县几十万群众把心扑在工地上，把汗流在工地上，甚至把血洒在工地上，才换来了总干渠的全面完工，实现了林县人世世代代梦寐以求的愿望。这有什么错？

对于杨贵来说，个人的荣辱沉浮并不是最重要的。此时此刻，他最为关注的还是红旗渠工程：无论如何，林县不能乱；红旗渠工程还没有全面完工，配套工程，项目很多，要接着干，不能停；林县人的生活，只能更好，不能倒退……

但是，此时此刻，林县的局面已经陷入失控。

任是县委书记杨贵，也无可奈何。

他连自己的命运也把握不了。

1966 年 9 月 20 日深夜，按时令来说，本应该是一个美好的夜晚。这个时候，大地退去了炎热，暑气消逝，寒冬还远，应当是秋风微凉，夜色开始涌动在林县的大地上。正常情况下，所有人都会在这样的夜晚，享受人生最为平淡却也最为幸福的生活。

可是，这个夜晚却给了杨贵人生中永远难以忘却的伤痛。让他在此后几十年的人生中，回想起来都不寒而栗。

这天深夜，一向身体健康的杨贵，因为急性阑尾炎而躺在办公室里输液。这些天来，他也太累了。街头上、工厂里的"革命小将"闹得正欢，他的内心不能平静。但是，他必须调整好自己的状态，红旗渠工地所有的枝枝节节，他都要考虑，林县的大事，都需要他来拿主意。

门忽然开了。

进来的是县委第二书记、县长李贵。

从年龄上说，李贵是老大哥；从职务上说，杨贵是林县的一把手。"两贵"在林县，一个是工程的旗手，一个是后勤指挥部指挥长，配合得很好，可以说是亲密无间。

李贵告诉杨贵说，安阳地委领导打来电话，要他转告杨贵，安阳地直机关的红卫兵分乘好几辆大卡车，正在赶往林县。红卫兵要把杨贵揪到地区参加"文化大革命"。地委领导要李贵转告杨贵：千万不能到安阳去。

所谓参加"文化大革命"，杨贵岂能不清楚，就是要他到安阳接受批斗。

他没想到这一天来得这么快。就在几个月前，他先后到广州和北京参加了两次会议，已经感觉到了气氛的紧张和压抑。在广州会议上，中南局第一书记陶铸传达了《五一六通知》之后，神色严峻地吹风：中央出了修正主义，有人在搞反党活动，"要警惕赫鲁晓夫式的人物"。在北京，杨贵更是实实在在地感受到了这次社会运动的酷烈。此时，北京市委已经改组，大街上不时能看到"打倒""炮轰"的标语，北京的一些大学里口号声震天，大字报泛滥成灾，一些著名的领导、学者被批斗。

熊熊烈火，自然也燃烧到了河南，到了安阳，到了林县。此时，长期在林县县委挂职担任县委第二书记的河南省委宣传部副部长也已经被点名。安阳的造反派成立了组织，林县的造反派也成立了组织。

杨贵觉得，身正不怕影子斜，有理走遍天下，去安阳，他没什么可害怕的。可李贵坚决不同意他去。地委本来有就个别领导对红旗渠有看法，对杨贵本人也有看法，现在，机会来了，人家还不好好利用一下？杨贵去林县，那不就是羊入虎口、自投罗网?

两人商量的结果是,让县委的另外几位副书记一起过来讨论一下怎么办。

几位领导的意见是一致的。 这些年来,杨贵可是没少"得罪"地委的个别领导。 1958 年,上级开会,让林县汇报小麦的产量,杨贵坚持按实际产量报,让领导很没面子。 前几年,最困难的时候,林县拿出了 1000 万斤储备粮食支援别的地区,人家背后说他出风头。 上一次,地委个别领导又向谭震林副总理告状,说杨贵"死抱着红旗不放",结果,林县县委组织部长路加林被撤职,杨贵也差点被免职。 现在,机会来了,人家一定要把杨贵整倒……

不知不觉间,已近天明。 从安阳来的造反派队伍到了林县。

此时此刻,县委几位领导的内心,万般俱陈:愤怒、委屈、无奈。

但是,他们依然保持了冷静。

他们陪着那位兼任地委"文化大革命"领导小组组长的领导,来到了县委会议室。

领导的态度很明确:杨贵必须到安阳去,接受批判。 他说,出发前,已经请示了上级。 上级批准了,手下的那些造反派,他也拦不住。

林县的几位领导也很坚决:中央明文规定,县以下农村不搞"文化大革命",红卫兵和学生不得到县以下机关和社队串联。 再说,杨贵正在病中,需要治疗,根本不能离开林县。即便有什么事情,也得等他身体好了再说。

办公室里的空气异常紧张，而室外，安阳来的那些造反派，开始按汽车喇叭、喊口号。"打倒""揪出""走资派"……这样的词汇回响着，穿越了县委大院，传向林县的天空。

造反派的声音，把安睡中的林县人惊醒了。

一群一群的干部、工人、农民、教师，披衣起床，来到县委大院。弄清楚造反派的来意之后，他们愤怒了。

他们了解县委班子，了解县委书记。这些年来，红旗渠工地上，这几位领导，风里来，雨里去，干的活儿不一样，心是完全一样的。总干渠刚刚通水，林县人取得了阶段性胜利，也有了更高也更明确的希望，还有那么多的石头要开、渠道要建、池塘要挖，造反派却过来捣乱，这是什么"大革命"，这明明是搞大破坏嘛。

他们和造反派展开了辩论。

"保卫红旗渠！"

"没有杨贵，就没有红旗渠！"

"红旗渠是打不倒的！"

这个凌晨，林县的街头，就这样上演了和红旗渠历史、杨贵个人命运密不可分的一幕。林县的历史册页上也将永远记录下这一天。历史的洪流中，每个人不过是一颗毫不起眼的水滴，但是，每一颗水滴都自有其力量，它们汇聚起来，形成了巨大的合力，给了那洪流以最终的方向。人性的善与恶、美与丑、崇高与卑微，也在这样的时刻纤毫毕现……

混乱的局面，一直持续到早上 8 点。

这时，安阳地位第一书记崔光华赶到了林县。他把造反派头头和杨贵召集到一起，来到杨贵的办公室，拨通了省委领

导的电话。 省委领导的回答是，杨贵不要到地区参加"文化
大革命"……

一场风波，总算有惊无险地过去了。

1966 年 9 月 21 日，林县历史上发生了对后来影响深远的
一件事：安阳地委的造反派领导，带着地直机关"红卫兵"到
林县"造反"。《红旗渠志》这样描述当时的情况：

> 原安阳地委机关个别人,煽动一部分不明真相的
> 干部群众驱车林县,向中共林县县委"造反",扬言要揪
> 出杨贵进行批斗。林县的广大干部群众被突如其来的
> 举动震惊,纷纷走向街头,涌到县委机关门前,同安阳
> 地委机关来的一些人展开针锋相对的辩论,说他们违
> 反了党中央国务院关于县以下暂不开展文化大革命的
> 规定,干部群众自动向中南局、党中央作了反映。中南
> 局当即发来电报指示,支持林县群众的正确意见。地
> 委机关的一些人被迫返回安阳。[①]

也就是说，"文革"中，批斗杨贵的，不仅仅是林县的红
卫兵，还有来自安阳地委机关的个别人。 林县为安阳地区所
辖，安阳地委是领导机关。 上下夹击，"外忧内患"，使得小
小的林县县城混乱不堪。 林县县委和杨贵的日子委实难过。

> 冬季,林县局势更乱……全县各级领导班子陷于

① 《红旗渠志》,河南省林州市红旗渠志编纂委员会编,三联书店,1995 年 9 月第 1 版,
第 89 页。

瘫痪状态,有的领导被加上莫须有的罪名受到批斗。

红旗渠这一宏伟工程也遭到厄运,有人说:"修建红旗渠不是一功,而是一罪"、"红旗渠是死人渠","修红旗渠是为了捞取政治资本"。说红旗渠劳模是"假劳模",工程技术人员是"臭老九"。杨贵被扣上"黑帮"、"走资派"等罪名,先是和地委宣传部长、秘书长等一起关押在"黑帮队",后被群众组织抓走关起来,在县委机关和 15 个公社以及重点大队进行轮番批斗,弯腰罚跪,坐"喷气式"飞机,受尽了人身摧残。①

红旗渠工程不能不受到严重影响。

1966 年 12 月,安阳地委发出通知:改组林县县委,撤销杨贵、秦志华、路加林、马有金几位县委领导党内外一切职务。"紧接着,林县掀起了一场以杨贵划线的'罢官潮'。 县委委员 29 人,罢官 15 人,靠边站 5 人,占 69%;公社党委第一书记 15 人,罢官 13 人,靠边站 1 人,占 94%;县直部、委、办、科、局长 56 人,罢官 48 人,占 85%;城关公社 42 名大队支书,罢官 28 人,靠边站 12 人,占 95%。 路银、任羊成、常根虎、李改云、王师存等一大批修建红旗渠的劳动模范被打成'杨贵黑干将',遭受侮辱、批斗,红旗渠被说成'黑渠'、'死人渠','杨贵流毒'、'遗臭万年'!"②

被斗下来的这些人,都是修建红旗渠的骨干力量:领导、

---

① 《红旗渠志》,河南省林州市红旗渠志编纂委员会编,三联书店,1995 年 9 月第 1 版,第 89 页。

② 《杨贵与红旗渠》,郝建生、杨增和、李永生著,中央编译出版社,2011 年 6 月第 1 版,第 231 页。

干部、技术员、劳模。 以往，他们是大家的主心骨，往渠线上一站，大家干活就有劲头，就知道该怎么干，现在，他们被斗倒了，下台了，"台上"的领导，忙着"斗私批修"，红旗渠的事儿，在他们眼里根本不算一回事儿——如果说是个事儿的话，那就是"说事儿"。

林县"9·21"事件之后三天，中办秘书局以简报的形式反映了林县的问题：安阳地委某副书记带领干部包围林县要揪县委书记杨贵。 李先念读完简报后，批转给分管农业的谭震林副总理：

> 震林同志，林县工作是搞得好的，但我没有去过。总之在全国出了名。地委一些同志这样搞法不好，并且与中央近来发的指示不符，你看后可转陶铸①同志一阅。

陶铸、谭震林都向周恩来总理汇报了此事。 周恩来指示，电话通知河南省委：请杨贵同志来北京参加国庆观礼。谭震林副总理立即把这一指示电话通知了河南省委。 遗憾的是，这个指示被地委造反派压下了，杨贵根本没有接到通知。

此时的杨贵，正在"忙着"被批斗呢。

安阳地直机关的造反派召开批斗大会，指责杨贵犯了严重错误。 他们说：杨贵是林县的土皇帝，要把自己打扮成红太阳，林县就是杨贵的独立王国；修红旗渠，杨贵没有别的目

———————————

① 陶铸当时任中共中央中南局第一书记。

　　　　　　　　　　　　　　　　　　中国红旗渠

的，唯一的目的就是为了捞取政治资本。还说：杨贵你好大胆，和毛主席合影的照片上，你比毛主席显得还高，这不是要贬低毛主席吗？

林县造反司令部也在县剧院召开大会批斗杨贵。陪斗的，还有杨贵的老搭档李贵。造反派把杨贵押到主席台上，反扭着他的胳膊，把他的头使劲往下捺。李贵年纪大，身体吃不消，被折磨得号啕大哭。杨贵心疼李贵，就悄悄地对李贵说：老李呀，你把事儿都推到我身上。但这话被造反派听到了，马上又是一阵雨点般的拳打脚踢⋯⋯

杨贵的心在滴血。他不知道自己做错了什么。特别是，批斗他的，还有他的熟人，他朝夕相处多年的同事。按道理，他们是了解他的为人，了解他的工作方法，也了解县委决策修建红旗渠的初衷的。

这更让他感到痛心。

不过，林县的群众心里是雪亮的，他们发自内心地拥戴自己的县委书记，知道县委书记和县委一班领导，是发自内心想要带领全县人民，改天换地，改变山区贫穷落后面貌，改善大家生产和生活条件的。所以，他们暗暗地保护杨贵。

有一次，杨贵被关在一个招待所里批斗，批斗刚刚告一段落，一名女青年给他端来一大碗鸡蛋汤，流着泪说：杨书记，现在是好人受罪，你可要想开点！

还有一次，杨贵被造反派安排到一片麦田里锄地，一个小姑娘急匆匆地给他送来一包东西，然后扭头就走。杨贵打开一看，是一个小布兜，装着一二十个熟鸡蛋。杨贵不由得心头一热⋯⋯

但是，无论如何，红旗渠配套工程一度陷入停滞。 响彻林县的开山声、打眼声、放炮声不见了，工地上没有了忙忙碌碌的人影。 渠墙倾颓，渠道废弛。 只有来自浊漳河的滔滔流水，在总干渠，一、二、三干渠里茫然地流淌……

直到 1968 年 4 月，在周恩来、李先念等党和国家领导人的强力干预下，当时的河南省委领导亲自做工作，杨贵终于结束了四处被批斗、四处"逃难"的生活，重新出来工作。 他被任命为林县县委书记、革委会主任兼县人武部第一政委。

"大不了还是被批斗嘛"

复出的杨贵，要做的第一件事便是安排红旗渠配套工程。

后来，杨贵回忆当时的情况时说，其实当时还是很冒险的。

的确，1968 年，"文革"还在高潮时期，全国上下，形势一天一个样儿，今天是"革命"的，可能明天就会被打倒。今天还是榜样、模范、标兵，明天可能就成了"黑线人物"。林县的情况好不到哪里去。 革委会这一次重新组建，时间还很短，地区、县里那些欲"砍红旗"的人还躲在暗处挑刺儿。谁知道哪一天会不会有人跳出来旧话重提？

红旗渠人毕竟是红旗渠人，杨贵毕竟是杨贵。 愚公的子孙，和山上的石头打交道，脾气也硬得像石头。 七八年了，近两千个日日夜夜，吃的苦、受的难已经够多了。 那就再受一受吧。 大不了还是被批斗嘛。

愚公移山，矢志不渝。

精卫填海，九死未已。

红旗渠配套工程再次开工。千军万马再一次扛起大锤，拿起钢钎奔赴工地。8万人马重整旗鼓，把精神的旗帜插在林县的每一片土地上。

这一次和以往工程不一样的是，以往，无论是总干渠还是干渠，离自己家的地、自己家的房子比较远。这一次，都是

昔日担水翻大山，今日洗衣在渠边（魏德忠摄）

在家门口干活。每支队伍都很清楚，脚下这一段渠道修好后，受益者就是他们自己。谁先干完，谁就先受益；谁干得好，谁的受益大。所以，大家的劲头更足了。甚至以往需要县里安排的事，一个公社就可以安排好；以往一个公社集中会战的项目，现在一个两个生产队就能给干完。他们自筹资金，自己烧水泥，自己编抬筐，抢着干，比着干。林县人仅仅用了短短一年时间，到了第二年7月，便完成了红旗渠最后一期工程剩余的所有项目。红旗渠可以全面竣工通水了。

1969年7月6日，林县革委会在县城剧院召开庆祝红旗渠支渠配套工程竣工通水典礼大会。这是红旗渠最后一次通水仪式。30万林县人会集在支渠各主要配套项目周围，庆祝红旗渠工程的全面完工。

1969年7月8日，《河南日报》发表文章，祝贺林县人把一项前无古人的事业进行到底。文章说，林县人十年坚苦卓绝、自力更生建成红旗渠，形成了一个能引、能蓄、能灌、能排的水利网，改变了林县山区的干旱面貌，"这是林县人民坚持党的自力更生方针，发扬一不怕苦，二不怕死彻底革命精神的伟大胜利"。

第二天的《人民日报》发表了《林县人民十年艰苦奋斗，红旗渠工程全部建成》和《独立自主自力更生的一曲凯歌》两篇文章。文章说，林县人民"使高山低头，河水让路，引来漳河水，改变了林县人民世世代代缺水的面貌，这是林县人民执行毛泽东主席的'独立自主，自力更生'方针的一曲颂歌"……

从1960年2月11日开始，到1969年7月6日，红旗渠工程经历了 9 年 5 个月的时间。 漫长的工期，足以让孩子变成成年；艰难的施工，让林县人付出了血汗甚至是生命的代价。而其所经历的曲折过程，令人感慨。

我们完全可以想象得到林县人的喜悦。 缺水的历史一去不复返了。 他们实现了祖祖辈辈渴望的、没有实现的梦想。他们和他们的子孙，再也不受缺水之害。

也许，红旗渠只能诞生在林县，只能诞生在太行山中、愚公故里。 这条水流淙淙的大渠，属于当代中国，更属于历史中国。 它承载着历史的温度，从书写着愚公移山、精卫填海、夸父逐日的册页中走来，肩负着莽莽太行给予的庄严使命，实现了历史的超越。 它不仅为当代中国增添了一条物质意义上的"水长城"，更为当代中国人的心灵疆域上增添了一条永恒的精神河流。

第十四章　从太行山到全世界

红旗渠为什么这样红？

今天，当我又一次站在红旗渠畔，仰望陡峭的山崖，倾听渠道里的水声时，仿佛能够清晰地听到一场对话。

一场亘古至今从未中止的对话。

关于人"从哪里来""置身何地""要往哪里去"；

关于人与自然，人与历史，人与社会；

关于理想、信念，关于伟大与痛苦、艰辛与光荣……

对话声里，我似乎看到了盘古手持大斧，沿着高山大壑、青葱密林，一路跳跃着，急急奔来。

似乎看到那只名叫精卫的小鸟，小小的身影，一飞冲天，又久久盘旋在天空，以一种激越而又悠扬的声音，加入这场精彩的对话。

似乎看到了那位名叫愚公的老人，和身后千千万万个青壮年汉子、妇女、孩子一起，头顶耀眼的阳光，弓着脊背，把一块块石头推向远方。

红色的崖壁，光彩夺目，惊心动魄，两侧崖壁中间，红旗渠水缓缓流淌。 可以时不时地看到水面上浮来太行山里的枯枝与树叶。

浊漳河里的水，已经奔涌了千万年。 千万年来，它们一直在急急地向东方流淌。 它们在奔向远方，它们要融入大海。

红旗渠里的水，流了几十年。 几十年来，它们在缓缓地涌向林县，把自然的恩赐带到林县，滋养那里的每一片土地。

渠水有声，日夜不停地讲述几十年的故事。

渠线无言，在静默中见证它所经历的年代。

"艰苦奋斗的典型"

红旗渠进入国人视野，最初是以艰苦奋斗的典型形象出现的。 共和国成立初期，各个行业几乎都是从头开始。 中央、地方财力有限，人们需要在最艰苦的环境里开始新的生活，塑造新的生活。 如此不可思议的施工环境，如此浩大的工程，单靠一个北方的小县就完成了。 红旗渠的奇迹，不能不让中国人眼睛一亮。 它告诉人们：永远怀有一种精神，人间奇迹是能够创造出来的。

电影《红旗渠》为红旗渠精神在国内外的传播，起到了决定性的作用。

《红旗渠》的拍摄，始于 1960 年 2 月，几乎与红旗渠工程

红旗渠沿线修建了很多小型水库。这就是"长藤结瓜"（魏德忠摄）

修建的时间完全同步。

　　中央新闻纪录电影制片厂的厂长和导演，原本是来林县拍摄英雄渠的修建情况的。 到了林县，正赶上红旗渠工程动工。 他们站在漳河边，听说群众要把桀骜不驯的漳河水送到立陡立陡的太行山悬崖上去。 猛一听，觉得这简直是不可能的神话。 细细一问，他们被林县人的干劲所折服，决定放下手头的工作，拍摄红旗渠的建设故事。 红旗渠修建 10 年，他们也差不多跟拍了 10 年。 总干渠开工、总干渠通水，干渠开工、干渠通水，支渠配套工程竣工通水……每逢渠道建设的节点，他们就风尘仆仆地赶来，扛着摄影机，跑来跑去。开山、打钎、放炮、凿洞，一切都记录在他们的摄影机上。后来，参加这项工作的几位导演回忆，拍《红旗渠》获得的资料，比他们为拍摄全面抗战所拍摄的历史资料还要多。他们说，是红旗渠精神成就了这部纪录片，当时所有的创作热情、创作灵感，完全是来自林县人民的壮举。如果没有林县人这样的壮举，电影《红旗渠》根本不可能诞生。

1971年1月，《红旗渠》在全国公映。"劈开太行山，漳河穿山来。林县人民多壮志，誓把山河重安排"的电影主题歌响彻神州大地。

1971年7月，在一次全国性的会议上，周恩来总理接见参会代表。他建议大会组织代表看看这部纪录片，还要求大家多为宣传红旗渠努力。他说，红旗渠是人工天河，是英雄的林县人民用两只手修成的。林县人民是勤劳的、艰苦的，他们自力更生、艰苦奋斗，用10年时间修成了中外闻名的红旗渠，工程很艰巨。

之后，《人民日报》《光明日报》等媒体纷纷发表消息或影评，把红旗渠和电影《红旗渠》介绍给读者。全国各地，农村、城市，几亿人观看了电影。直到今天，说起红旗渠，经历过那个年代的人，首先想到的就是那部电影。

河南日报摄影记者魏德忠先生也在渠线上拍了10年。他忠实地记录下了红旗渠工地上，一座座渡槽怎么腾空而起，一个个隧洞怎么开凿成型。他也忠实地记录下了红旗渠人的乐观与勇敢。这些照片，经过岁月的淘洗，在今天显出弥足珍贵的价值。

魏德忠，1934 生，现任河南省摄影家协会名誉主席、河南省红旗渠精神研究会副会长兼秘书长。 在长期的记者生涯中，曾多次为毛泽东、周恩来、刘少奇、朱德、邓小平等伟人拍照。 他坚持跟拍红旗渠工程 10 年，创作了大量有关红旗渠工程的经典摄影作品。

魏德忠先生接受采访（郭端飞摄）

他第一次来红旗渠工地，是在 1960 年 2 月。 当时，工程刚刚动工，还不叫红旗渠——当时还没有红旗渠这个名字。魏德忠作为河南日报社的记者，跟着采访团去采访那里的水利建设工作。 有一天，杨贵带着他们参观。 在山西平顺、河北涉县、河南林县交界的地方，有个桥——一桥连三省。 走在桥上，只听到远处开山凿石的声音叮叮当当，时起时伏，十分悦耳。 魏德忠问，这是干吗呢？ 杨贵说，我们在搞引漳入林工程，工程结束后，漳河水就会引过来。 魏德忠当时就来了精神。 在他看来，这不就是"唤醒沉睡的高山，让河流改变"的现实版本，不就是当代中国的愚公移山和大禹治水吗？ 魏德忠知道林县缺水，林县的关键在于解决吃水问题。 林县人之前就下了很大功夫，之前他也做了很多采访。 1958 年，他报道过林县的英雄渠。 那个渠道不是很大，但已经很震撼了。 而这个巨大的工程，外界都还不知道呢。 这样的机会，他当然不能错过。 他当即决定，要把这些过程拍下来。

魏德忠是摄影记者，对视觉形象很敏感。 他爬到高处，站在一个山头上举目一看，一个个民工悬挂在山腰，一锤一钎地在那里开山凿石，再往下一看，车水马龙的运料大军，来往穿梭，井井有条。 他心里很激动、很震撼。 于是他拍下了红旗渠建设的第一幅照片《移山造海》。 ——准确地说，所有拍红旗渠的照片，这是第一张，是开山之作。 他想，要拍好这个场面，让全省人民都像林县人民一样一不怕苦二不怕死，艰苦奋斗，早日建成社会主义。 后来这幅照片入选全国摄影艺术展，收入 1961 年的《中国摄影年鉴》。

这一次采访，魏德忠花了十来天时间。 他和那些修渠民工一起，住在工地上。 当时的工地，在山西平顺县石城镇山西农民家里，离渠首不远。 在他的记忆里，石城镇的房子，下面用石头垒，上面铺着瓦，墙外面刷着白灰，看起来干净、整洁，比起林县的房子要好一些。 伙食不行。 他基本就在工地上，和民工一起吃。 林县人说，"早晨汤，中午糠，晚上稀饭照月亮"，这就是当时的生活写照。

第一次采访完，魏德忠觉得不够。 他知道，后面还有很多大的项目。 逢山开洞遇沟架桥嘛。 他就让工程指挥部，每逢有大的工程开工时通知一下。 从此，魏德忠与红旗渠结下了不解之缘。 修建红旗渠的过程，漫长而又艰辛。 拍摄红旗渠也是一样。 10年间，每逢有大的工程开工，他就乘火车、搭汽车、转牛车来到工地，和修渠民工一起吃糠咽菜，住山洞，一住就是十天半月。

在魏德忠看来，采访红旗渠，虽然没有在工地施工那么艰辛，但也是要吃苦的。 想住招待所，没有；想出去买个零食，没有。 啥都没有。 作为摄影记者，拍出来好照片是第一位的。 看到好的场面，心里就有劲儿。 所以，一定要找最理想的角度，捕捉最理想的光线、最典型的瞬间。

为了能够找好角度，魏德忠有时候把自己绑起来，吊在悬崖边。 有时候，他攀树枝，爬山头，钻隧洞，蹚河水。 有的时候，他站在一块突起的石头上拍照片，刚刚拍完一会儿，石头就被炸掉了，这些照片成为永远也不可能再有第二张的"孤品"。

即便是在"文革"中，魏德忠也没有中断拍照片。 在他看来，红旗渠是为民所修、为民所建，工程跟人民群众紧密地联系在一起。 它可贵就可贵在，既是社会主义建设的需要，也是人民群众自己的需要。 人民群众把它当作为了子子孙孙的事业。 他们说，要想子孙不受苦，我必须先受苦。 他们吃苦是为了子孙后代。 群众就是这样想的。 不让修也会自发地修。

10 年，魏德忠在和拍摄对象的相互凝视中度过。 渠线在慢慢地延伸，一座座建筑拔地而起，漳河水流过来了……一幕幕动人的场景，一个个精彩的瞬间，被定格为历史的永恒。

"文革"前，1965 年国庆节过后不久，"重新安排林县河山"图片展在北京的全国农业展览馆举办的全国大寨式农业展览上亮相。 当时展出的照片基本上都是魏德忠拍的。

即便在今天，当我们要回顾红旗渠建设过程中的点点滴滴时，魏德忠先生的摄影作品也给我们提供了最好的图解。 他的系列照片已经成为展现红旗渠精神的最直观的形式，几十年来，在红旗渠大大小小的中外展览中，无声地讲述那难忘岁月、难忘的人。

2015 年年初，在郑州北郊的一个小区，魏德忠先生的家里采访他时，我问他："您一生拍了很多作品，有那么多的照片，其中，红旗渠的照片，您觉得在您的拍摄生涯中占了什么地位呢？"

他说："我永生难忘。 这是我经历最长的。 你看，差不多 10 年了。 可以说，是在我记者生涯里最珍贵的。 我觉得做记者，找到了好的素材，写了好文章，拍了好片子，比吃什么山珍海味都好。 ——有时候，你去一个地方，人家把你招待得好，你反而心里有负担，怕发不出好稿，对不起人家。 ——如果能拍出好东西，吃再大的苦也值得。 如果片子好，把它洗出来，放大，经常拿出来看一看，每次看一下，就高兴得不得了。"

魏先生说:"红旗渠修了 10 年,我就采访了 10 年。 我尊敬杨贵,从内心里佩服他。 我总觉得,我在林县是一边采访,一边受教育。 所以,有时候我就在想,我之所以坚持着,是因为林县人民激励了我,鼓舞了我。 他们不叫苦,我怎么能叫苦? 我比不上他们啊。 当时县委那些领导,比方杨贵、李贵、李运宝、刘友明,都挺熟的。 他们对我都很尊重。 他们都一心一意在一起干事。'文革'时候,他们中很多人挨整,像杨贵,'文革'中,有段时间还被调到外县去了。但是没有人想过放弃。 那时候,我对杨贵说,省内媒体都支持红旗渠,这是一致的。 作家华山和我关系很好,他也一直支持杨贵,可以说跟杨贵是同呼吸共命运。 他后来给康克清大姐写了一封信,把杨贵的情况反映到了中央,杨贵后来得到中央支持,跟这也是有关系的。"

魏德忠非常珍惜和林县人相处的时光,非常珍惜那一个个难忘的瞬间。 所以,对他拍的一张张照片,他如数家珍,要把它们保存下来。 魏德忠说,"那种忘我劳动的场景,总是给我一股股暖流,给人一种力量。 我希望这些作品,也能在几十年甚至更远的将来,给后人不断的精神激励……"

红旗渠不仅是林县人为解除干旱之苦而"不得不为之"的工程,也是共和国成立初期,中国人民同自然灾害和物质匮乏做斗争的代表性工程,是中国人的"精气神儿"的生动体现。即便在今天,当我们提及"中国精神""中国面貌"这些关键词时,我们也会自然而然地想到太行山上这一项前所未有的工程。

1974年2月,赞比亚总统卡翁达在李先念副总理的陪同下来红旗渠参观(魏德忠摄)

红旗渠的红旗不仅仅飘扬在林县,飘扬在北中国的南太行,也飘扬在全世界的政治舞台和历史舞台上。

早在1968年7月15日,周恩来总理便在一次关于外事工作的谈话中说:"第三世界国家的朋友来访,要让他们多看看红旗渠是如何发扬自力更生、艰苦奋斗精神的。"

与新生的中华人民共和国情况一样,第三世界国家家底薄,经济落后,生活水平不高,不艰苦创业,很难在短时间内缩短与发达国家的差距。而红旗渠提供了一个绝佳的关于

"发扬自力更生、艰苦奋斗精神"的样板。 把林县人战天斗地的精神传播出去，与第三世界国家共享，是一种很好的相互激励。

1974年2月，李先念副总理陪同赞比亚总统卡翁达来红旗渠参观。

虽然他多年来一直为红旗渠工程"撑腰"，为杨贵和林县县委仗义执言，但他还是第一次来到林县。

沿着刚刚修好的几百级石阶，李先念登上红旗渠工程的咽喉工程——青年洞。 他注视着奔涌的渠水，高兴地说：看过《红旗渠》电影，也听人讲过红旗渠，总的印象不错。 百闻不如一见。 来红旗渠一看，更感到工程雄伟，真是人工天河，不要说是在三年困难时期，就是在丰收年份，自力更生修通这条渠，也是不可想象的……红旗渠要流向全国、流向全世界。

"流向全国，流向全世界"，这既是李先念同志对传播红旗渠精神的希望，也是对几年来传播红旗渠精神的感想。

中央批准林县为全国第二批对外开放县后，一批批来自海外的客人纷至沓来。 他们来看人、看山、看水，一切都围绕着红旗渠。 红旗渠精神使不同意识形态、不同种族、不同国家的人们都能够从中受到启迪和教益。

在青年洞，李先念对卡翁达重复着周恩来总理说过的话：红旗渠和南京长江大桥是新中国的两大奇迹，是靠中国人民的智慧自力更生建起来的。

卡翁达显然是被他看到的景象震撼了。 他说，我们在这里看到了盘绕在高山上的渠道，看到了你们有效地利用大河里的水，这是伟大的成就。感谢毛主席、周总理为我们安排了这样好的参观项目。我建议所有发展中国家都来这里学习。

不久，影响世界历史的联合国第六次特别大会在美国纽约召开。中央任命邓小平副总理为中国代表团团长。临走前，周恩来总理亲自选定了《红旗渠》等 10 部电影纪录片到联合国放映，宣传新中国的成就。这次大会上，邓小平同志第一次为全世界所了解，他也第一次系统地讲述了中国关于"三个世界"的划分。他带去的电影《红旗渠》放映后，反响热烈。美联社发表评论说：红旗渠的人工修建，是毛泽东意志在红色中国的典范，令世界震惊！

华人著名学者赵浩生先生少小离国，远游欧洲。但是，人近晚年，他毅然返国，其中一个重要原因就是红旗渠。

原来，赵浩生先生在巴黎期间，有一次参加中国大使馆举办的招待会，招待会上，他看了电影《红旗渠》。

多少年家国之思、故园之梦，一瞬间被红旗渠重新勾起。而家国和故园，毕竟已不是当年。他又是感伤又是兴奋：

"我的老家在河南，自然对河南之苦有切肤之感，所以被家乡父老这种愚公移山、敢与天公试比高的精神所感动。当银幕上出现了林县人民经过 10 年的艰苦奋斗，终于建成了 1500 公里的水渠，并且迎来了开闸放水那一刻的激动场面时，我的泪水也和这漳河水一样欢快地奔流着。这是我看到的第一部反映新中国和我的老家河南新面貌的纪录片，它在我的心中再次激起了要回祖国去看一看的强烈愿望。"①

---

① 《杨贵与红旗渠》，郝建生、杨增和、李永生著，中央编译出版社，2011 年 6 月第 1 版，第 273 页。

赵浩生踏上了林县的土地，看到了他盼望已久的红旗渠。后来，他在美国发表演讲时说：中国有一条万里长城，红旗渠就是一条水的长城。 参观红旗渠，我实在忍不住自己的热泪。 在中国能用这种自力更生、艰苦奋斗的精神来改造林县，也一定能改造全中国。 我觉得这许多年来积下的"恐共病"，被红旗渠水和我的泪水冲洗得干干净净。

"创业的精神之源"

　　时光来到了 20 世纪 90 年代。

　　此时，红旗渠通水已经 20 多年。 这些年来，红旗渠的命运，正如它所经历的时代一样跌宕起伏。 它曾经是一个时代的象征，也曾一度被忽视，甚至，在林县，人们对红旗渠采取闭口不谈的态度。 当 20 世纪 90 年代的曙光降临，中国改革"再出发"时，红旗渠终于拂去了时间的尘埃，重新向人们展示它的光芒。

　　1990 年 4 月 5 日，中共林县县委、县人民政府在分水岭召开大会，纪念红旗渠通水 25 周年。

　　久违了，红旗渠畔的庆典。 上一次，是在 1969 年 7 月 6 日。 从 1969 年到 1990 年，相隔 21 年。 21 年来，红旗渠经历了太多，红旗渠人经历了太多。

　　鼓乐齐鸣。 人们一起感慨着，兴奋着，激动着。

　　中共河南省委、河南省人民政府在贺电中说：20 多年来，红旗渠不仅发挥了巨大的经济效益，而且成为鼓舞林县乃至全省人民自力更生、艰苦创业的精神力量。

从"艰苦奋斗"到"艰苦创业"，语言表述的变化，揭示的是在新的历史时期，红旗渠畔的新变化和人们对红旗渠精神新的理解。

从动工开始，红旗渠便成为林县人生命和生活中不可分割的一部分。通水之后的红旗渠，更是成为林县在新时期的精神之源。

正如《河南日报》20 世纪 90 年代初所发表的一篇文章所说：

> 林县人民在修建红旗渠过程中所形成的、在改革开放新时期不断发展和丰富了的创业精神，就是我们优秀的民族精神和改革开放现代意识相结合的体现。①

历史不容假设，但我们完全可以按照它前行的轨迹来推理。

如果没有 1960 年春节的那次动员，20 世纪 60 年代的林县人会在同一时间扛起铁锤、钢钎，往同一个工地上进行那次浩浩荡荡的集结吗？

如果没有那十年艰苦的历练，林县人的血脉里，那些从愚公移山、精卫填海以来就一直在汩汩流淌的勇猛、进取和承担，需要什么样的契机才能绽放出如此灿烂的精神之花？

精神的花朵，是在人与自然、人与社会的互动中孕育、萌

---

① 李长春，《让林县人民的创业精神在中原大地弘扬光大》。《河南日报》，1993 年 8 月 29 日。

芽的，它一旦绽放，又会催生出巨大的能量。 正像杨贵后来所说的：

常言说：一方水土养一方人。我认为，一方水土也可以塑一方人。正是因为林县人生活在太行山那样恶劣的自然环境中，才培育和塑造出了他们那种不畏艰苦、顽强抗争、不屈不挠、奋发向上的可贵品质。林县人民在 20 世纪 60 年代修建红旗渠过程中形成的，在改革开放的新时期又不断丰富和发展了的创业精神，正是中华民族的灵魂之所在……

建设红旗渠是一次思想的大解放，也是一次生产力的大解放。它让林县干部群众的眼界更宽了，胆子更大了。在后来向新的生产领域进军中，不管遇到多么大的困难，他们都会说："红旗渠在那么困难的情况下都修成了，现在的困难再大也不在话下。"有了这种精神，没有的东西就可以变有，贫穷就可以变富裕。有了这种精神，就能一步一层天地步入小康生活。①

事实正是如此。 当年，红旗渠工程是这样诞生的，后来，太行山下这座小城的无数奇迹也是这样诞生的。

林县人用"四部曲"来总结红旗渠和林县的关系。

20 世纪 60 年代，"十万大军战太行"，林县的土地上诞生了红旗渠和红旗渠精神。 淙淙流水，日夜不停地滋润着太行

---

① 《红旗渠建设的回顾》，见《河南文史资料》，总第 109 辑，第 41~42 页。

中国红旗渠

山下的这一片土地。 它让林县的干旱缺水彻底成为历史，也让林县人从此以"红旗渠人"自称。 它可不是什么虚名。 它是实实在在的。 它有着真实而丰富的内容。

早在 1961 年，红旗渠工程动工一年之后，为了解决资金不够、物资缺乏的问题，林县县委就决定发挥林县建筑业的优势，组织民工外出赚钱，用以支持红旗渠工程。 县里、公社里、各生产大队都派出人员，积极参与到这一行动中。 那一年，外出承揽工程的林县人总数超过了 3 万人，当年的总收入就达到了 1800 万元。

在那个年代，这样的收入是可观的。 而这样的工作，为林县人之后从事建筑行业，并在这个行业扎下根基、深挖富矿打下了基础。

20 世纪 80 年代的林县，"十万大军出太行"。 修渠 10 年，师傅带徒弟，父亲带子女，成千上万林县人完成了从农民到技术工人的角色转变。 红旗渠人在脚手架上、石灰窑边、铁匠炉旁获得了一身本领。 当整个国家开始"以经济建设为中心"，当改革开放呼唤更多的高楼、更长的高速公路的时候，他们开始大显身手。 他们掂着瓦刀，背起行囊，带着红旗渠赋予他们的坚忍和胆识上路。 北京、上海、天津，甚至俄罗斯、美国……一座座高楼拔地而起，一条条道路通向远方。 此情此景，不由得让人联想起来，20 多年前，太行山下，人头攒动，一段段渠墙在生长、一条条渠道在延伸的情景。

他们的标签是林县人。 他们一踏入异乡的工地，立刻就有人能知道：他们来自红旗渠的故乡。

《红旗渠志》记载了这么一个故事：

1984年3月，林县建筑业总公司总经理郭顺兴在太原市接了一个活儿：工期20天，在太原市迎泽大街下完成铺设一条1400米长的地下通道电缆工程，而且，白天要保持路面整洁，保证地面交通畅通，只能在夜晚施工。郭顺兴带领300名建筑工人，白天休息、做准备，晚上挑灯夜战，结果，只用12天，便完美地完成了任务。

还有一个故事：

1983年，林县合涧镇东山底村的建筑队在格尔木那一带海拔4800米的五道梁施工。那里空气稀薄，风沙漫天，天气寒冷。一变天，土冻得像石头一样，拿铁镐砸下去，一砸一个白点。施工队伍借鉴当年修红旗渠的经验，调来风钻机，又在工地上打眼放炮，有时候一天光放炮就有100多次……修建餐厅时，为了省钱，他们利用当地条件，改放炮炸土为烘烤清基。施工人员背着麻袋，一大早就出门到野外捡牛粪，晚上回来，把牛粪堆在一起，点着以后烘烤地基。等到第二天，地面解冻了，他们再把土里的石头清理出来。就这样一连干了40天，光牛粪就捡了一万七千多公斤。当地人深为感动，不由自主地赞扬他们：红旗渠故乡过来的施工队，真过得硬。①

在林州，建筑业是毫无疑问的支柱产业，老百姓的储蓄额，大多数来自它，农村年轻人的就业，也要依靠它。相当长一段时期，林州的人均储蓄额，位居河南省第一名，而其中

---

① 参见《红旗渠志》，河南省林州市红旗渠志编纂委员会编，三联书店，1995年9月第1版，第385~386页。

七成左右来自建筑业。

20 世纪 90 年代的林县，正是"十万大军富太行"的时候。 红旗渠的儿女们，经过在外面长期打拼，把"林州建筑"的形象树立起来了。 他们的付出，得到了丰厚的回报。 常有人以"五子登科"来形容：饱了肚子，挣了票子，换了脑子，有了点子，走出了一条致富的路子。 更重要的是，见了世面的林县人，不仅把财富带回到故乡，更是带回了智慧和见识。 他们三三两两，回到家乡，修路，开公司，办工厂，用辛辛苦苦挣下的钱"反哺"故乡。

林州市史家河村企业集团便是这样发展起来的。 历史上的史家河村，穷得不能再穷了。 传说有一年，村里过年时分大米，每家每户能分到的实在太少了，用斗量，量不住，用秤称，称不了，最后，只好用火柴盒来量。 没饭吃，没衣穿，过日子的压力，逼着他们外出想办法搞副业。 那一年，一位叫王发水的村民，掂着一个鼓鼓囊囊的提包离开了家乡。 提包里装着一个煤油炉、一袋米和一些面。 他来到沈阳，来到长春，一家一家企业跑，一家一家做工作，舍不得吃，舍不得住……终于，等他回到家乡时，带回了一张 17 万元的汽车配件合同。 汽配业现在能够成为林州的支柱行业，与一个个像王发水这样的人的努力是分不开的。 而现在，史家河企业集团已经成为当地著名的企业集团，王发水多次当选全国人大代表。

前文提到的郝顺才先生几年前已经从林州红旗渠管理处退休。 在他的心目中，一直以自己是一个老红旗渠人、50 多年

红旗渠纪念碑（郭端飞摄）

没有离开过红旗渠而自豪。

14岁时，他开始在工地上修渠。后来，组织上又安排他看渠、护渠，干了十几年。再后来，郝顺才到红旗渠灌区管理处办公室工作。他的日常工作，几乎全部和红旗渠有关。他不停地写材料、搞新闻报道、摄录有关红旗渠的影像。这些年，全国很多地区、很多行业都派人来红旗渠学习过，新闻媒体来得也很多，林州市委宣传部有时候接待采访的任务忙不过来，往往就会请出郝顺才，让他介绍情况，帮助记者工作。

郝顺才珍藏了不少关于红旗渠的资料。 他的办公室里，没有暖气，也几乎没有装修，但他很满意。 他说，退休了，还有这么一个房间，让他能做一些跟红旗渠有关的事，再好不过了。 他很知足。 为了弘扬红旗渠精神，使红旗渠精神代代相传，林州的一些老同志认为，应当组织一个"红旗渠精神学习会"。 2009 年，林州的这个纯粹群众性组织成立了。 大家在一起，学习红旗渠精神，研究红旗渠历史，宣传红旗渠精神。 前几年出版的《中国共产党历史》上说："在 50 年代末至 60 年代初的三年经济暂时困难时期，中国人民面对着极为严峻的考验，也展开了一场同自然灾害和物质匮乏的斗争。 其中大寨人自力更生、艰苦奋斗和林县人民开凿红旗渠、重新安排林县河山的壮举，是杰出的代表。"郝顺才和他的老朋友们读了又读、学了又学。 采访他的时候，他说："关于红旗渠，已经有定论了，我想，不光共产党，任何一个党派都会支持大家学习红旗渠精神。 红旗渠精神是让人干事业的。 这个精神到任何时候都有用。"

郝顺才写了好几本关于红旗渠的书：《红旗渠畔的人》《红旗渠旅游指南》《红旗渠工地总指挥长马有金》等；也参与编选了一些书：《红旗渠志》《红旗渠故事》《话说红旗渠》等。

他说："我做的一切，都是因为对红旗渠有着深厚的感情，一种永远不尽的情结。 毕竟，我一直跟红旗渠打交道，几十年了，感情太深了……"

申兰英是林州市石板岩乡桃花洞村村民。 丈夫原海生，生前为桃花洞村村支书，为村里的事儿外出时不幸因事故去世。 申兰英依靠卖面条维持生活。 今天，她卖饭的棚子已经变成了由十几间房子组成的面馆。 2011 年 10 月，新华社社长李从军等采写的《守望精神家园的太行人——红旗渠精神当代传奇》一文称赞，"'桃花谷里桃花店，桃花嫂子桃花面'已经成了太行山的品牌"。

　　2015 年春天，迎着微微的寒风，我和同伴一起，穿过几十公里长的太行大峡谷，到她的面馆，聆听她讲述了自己的人生故事。

　　石板岩是"林县的西藏"，地势比较高，用不上红旗渠里的水。 但是，申兰英还是一个懵懂的幼儿时，她家就和红旗渠产生了密切的联系。

　　当年，修渠是林县最大的事，每个乡镇、村庄都要参加施工。 申兰英的父亲是村干部，要管村里的事儿，走不开，没有去工地。 修红旗渠，她家是母亲去的。 申兰英出生于 1958 年。 1960 年，母亲去修渠的时候，她已经学会蹒跚走路了。

　　母亲到工地，一去 3 个月，直到有一次申兰英生病，邻居往工地上捎信儿：孩子身体不好，还拉肚子，把身体都拉软了，母亲这才回家来看她。 母亲见到的申兰英，又瘦又小，脸色发黄，只有一口白牙齿亮亮的。 母亲心里难过极了，在家看护申兰英好几天，才恋恋不舍地离开了家，重返工地。

　　母亲给申兰英讲过，在红旗渠工地上，她的工作主要是抬石头。 或者把石头放在抬筐里抬，或者用铁绳把石头拴起来

春寒料峭里,太行山下,申兰英(右)接受作者采访

抬。

"她是个比较棒的'铁姑娘',比我能干多了。只不过参加修渠的人比较多,没有人知道她,也没有人报道过她。今年她80多岁了,还经常到地里拾柴、种菜、种庄稼。"申兰英

笑着说。

申兰英真正能记得事，差不多是在"文化大革命"开始的时候。 那时，外面总是有人喊"打倒杨贵"什么的。 她们小孩家，跟在人家后边喊。 父亲母亲正色对她说：可不能打倒杨贵。 杨贵是咱们的县委书记，是个务实的干部，是为林县人干事的。

那是她了解红旗渠的开始。 但她小时候并没有见过红旗渠。 她们村在大山里面，想要走出来，得翻过好几座山。 从村里走到乡里，就得两个小时。 走到乡里再转车，走几十里地，才能看到红旗渠。

真正见到红旗渠时，她已经十七八岁了。 当时，她在乡缫丝厂打工。 厂里组织她们去看红旗渠，回到厂里，召开大家开会，让大家讲参观的感受，写心得体会。 年轻的申兰英当时就觉得非常震撼，非常感动。

回忆起当年的情况，申兰英说："当时我就想，要向林县的前辈们学习，发扬红旗渠精神。"

在厂里，她是班长，平常什么事情都带头干。 厂里把产品按质量分等级。 好点的，都卖到天津，出口了。 对于工人的管理，也跟村里对村民的管理一样，记工分。 每个工，定的标准有 7 分、8 分、9 分，她到厂里上班，没多长时间，领导就给她评了个 8 分。 她后来还当过车间主任。

22 岁，申兰英和丈夫原海生结婚。 原海生比她大几岁，一开始是村里的团支书，后来当了村主任，再后来就当村支书了。 当了支书的原海生，主要做两件事。

一件事情是修路。 桃花洞村以前没有公路的原因，主要是通向山外的隧洞没有打通。 原海生在村子里抽了 20 来个人，组织一支专门的队伍打隧洞。 他们吃住都在工地上，干了 3 年才打通。 打通了隧洞，路就可以修了。

再一件事是为村里架电线。 村子里以前没有电，一到晚上，家家都得点煤油灯照明。 原海生决心让大家都能用上电。 一开始，连工都派不出来——50 岁以上的人，一听说要架电线，就泼凉水，说，根本不行，架不了。 原先有人要在村里装发电机，用水发电，试了好几回都没成功，所以年龄大一点的村民不相信能把电引过来。 原海生一家一家地做工作，说服了村民，终于让大家认识到，这事是可以做的。 这才把电线杆架好，把电线走好。 从此以后，家家户户都用上了电。

修了路，架了电线，原海生还不满足，想搞旅游。 他说，桃花洞有山有水，风景不错，开发了，可以让外面的人到这里玩，这里的老百姓也能富起来。 他就找来安阳旅游局领导，把人家请过来，一起开发。

这个时候，申兰英上班的缫丝厂停产了。 厂里的职工，一部分去了县里的纺纱厂。 另外一些人去不了，只能离开工厂，申兰英也是其中的一个。

丈夫让她搞盆景。 她听了丈夫的话，买来盆，买来树，学修剪。 但她不是专业出身，也没学过，技术不行，盆景并没有搞成。

2000 年 12 月 14 日，原海生在去乡政府的路上，搭的四轮车在刚出村子不远的地方出了事儿，四轮车翻到沟里，原海生永远离开了自己的妻子和孩子们……

这个时候的申兰英，处在人生最艰难的时候。 儿子在上大学，闺女才上初二。 没有收入，那日子就没法过。 怎么办呢？ 想来想去，申兰英想到，自己会擀面条，看能不能靠卖面条养家。 她在路边支一张桌子，面条摊就开张了。 有人来了，就随便吃一碗。 路边不让乱搭乱建，她找到乡书记说：我家日子没法过，就让我在这里搭个篷吧。 领导答应了她，她就在路边搭了个五彩的塑料篷，而篷子里，还是一张桌子。

　　一开始，来吃饭的人很少。 好在原海生人缘好，认识的人多，林县好多人都知道他。 客人们来了，常常会说，支书媳妇在这里卖面条，吃她一碗面吧。 刚开始面条两块钱一碗，有的朋友吃两碗，还会专门多给她留一些钱。 她卖面条，每年也就是从 4 月到 10 月那半年时间。 一到 4 月份，就开始支摊儿，忙一个夏天，等 10 月过去，就没啥人来了。 再有人来，就是来收柿子、花椒的。 也没啥过路的客人。

　　收入太低，不敢雇人，付不起工资，只好自己当老板，还当服务员、厨师。 有时候忙，临时找个人给打打下手，一天下来，累得受不了。 那几年，每天早上 6 点起床，上山挖野菜，到 8 点钟回来，收拾收拾，准备着等客人来。 干一天活，天黑下来，不管多晚、多累，申兰英都得把衣服洗得干干净净。 在她的心目中，自己没收拾好自己，第二天就没法儿见客人。

　　日子就这样慢慢地度过。 生活慢慢好转。 到 2003 年，申兰英供养两个孩子上学就没问题了。 攒下些钱，她寻思，总在塑料篷子里卖面条也不是个事，得有座房子。 她就把家里的树砍了一些，买回来一堆石棉瓦，亲戚们帮着她盖了房子。

盖了房子，收入好点儿了。以前，一天能卖 100 块钱就高兴得不得了。2003 年国庆节那天，天黑的时候，申兰生算了算一天的收入，有 300 多块钱。她自己都不敢相信。

2007 年，申兰英又盖了新房子。以前那个房子太小，生意好、客人多的时候，人们不抢桌子，光抢椅子——一起来的客人，有几个人，就先抢几把椅子坐下再说。好多人给申兰英说：嫂子，这块空地多好啊，把房子盖了吧，看你的房子，人都站不下。慢慢地她就生了这份心，就向乡政府请示盖新房子。

这次，申兰英申请了贷款。她找了乡信用社，信用社给贷了 10 万。这时候，孩子已经结婚了，亲家借给一些，又借弟弟的、外甥的……加上自己手里的钱，总算盖起了新房子。

慢慢地，政府有领导给她打电话问：嫂子，在家不在？有人来看看你——她也不知道那就是来采访。"来人了，说两句、说两句，说说自己以前的故事，说说今天的事，这就是采访了。"申兰英笑言，"前几年，新华社的李从军社长也来了，市领导陪他来吃的面。去年，我和市里的几个人还去新华社看李从军。我们几个人都跟他合影。我说，我快老了，得把跟社长合的这张影留下来，做纪念。我自己，觉得见着李从军，就是见到最大的领导了。李从军说，你挺不容易的，你这种精神值得学习。大山里，有你这个女强人，不简单。"

我问申兰英："媒体讲了很多你的故事，称你是红旗渠精神的当代传人，你是怎么想的？"

申兰英说："其实我哪有什么好故事，不这样做不行啊。

我有啥'精神'哩……我做的，都是老天给我安排的。不这样做不行啊。家里有小孩子，要上学哩。海生那几年光顾干事业，也不顾家。他活着的时候村里没钱给干部发工资，能发工资了，他死了。2007年以前，没出名，我天天就想，要多挣几个钱，孩子们都还小，我要努力养家糊口，把孩子拉扯大。我用诚恳的态度待人。比如说，一碗饭，客人没吃饱，我锅里还有，就再给人家加上一些，也不要人家的钱。慢慢地，就有客人说，嫂子人很实在，很好。2007年以后出名了，政府经常有人来，也介绍人来给咱捧场，我就想，不能光图挣钱，也得想着为景区、为林州做点事。林州是红旗渠的故乡，我也得发扬红旗渠精神啊。现在的想法就是这样。"

像王发水、郝顺才、申兰英这样的红旗渠儿女，在林州还有很多很多。他们有的年纪稍长，参加过红旗渠建设，体会过修建红旗渠的艰辛；有的稍微年轻些，只知道自己的父兄修渠时度过了那些难忘岁月；还有的，只是听说过修渠故事，但是红旗渠人已经成为他们的标识，红旗渠精神成为他们的精神根基。那条太行山上的天河，在他们的心灵深处日夜流淌，带着祖先流传下来的精气神儿，带走他们对未来生活的憧憬与向往，沉淀下来的，是一种坚忍、勇敢和从容。他们行动着、努力着，相互帮扶着。岁月轮替，时光流转，古老的林县在蜕变，一个崭新的林州，浮出历史的地表……

在21世纪的今天，林县人的"第四部曲"又描绘出什么样的愿景呢？

这样的"中国梦"与"中国故事"

2012 年 4 月，红旗渠畔迎来了中国首位女航天员刘洋。这位被林州人视为红旗渠形象大使、当代红旗渠精神传承人的年轻人，参观了青年洞、红旗渠纪念馆后，由衷地说："我感觉红旗渠精神真的非常震撼人。 我认为精神是属于全中国的，包括红旗渠精神、载人航天精神、两弹一星精神，不仅仅属于某个地方，都属于我们国家。"

在红旗渠畔，她娓娓讲述着她的中国梦：中国梦就是建设好我们的国家，每个人都能过上幸福快乐和富裕的生活，我们中华民族能够强大起来，挺起腰杆，这就是中国梦。 也有人说过，中国梦应该是那些所谓的精英、栋梁所做的事情，跟平民百姓没太大的关系。 其实不是这样，国家是个庞大的机器，我们每个人都是至关重要的螺丝钉，实现中国梦需要我们每个中国人的共同努力，落实到行动上，要求每个人认认真真地做好本职工作，这也是一种精神的传承……

刘洋只是林州新成长起来的红旗渠人的样本。

实际上，有无数"红旗渠的儿女"已经成长起来，成为"新红旗渠人"。 在 21 世纪的今天，他们已经重新动员，重新集结，为了他们的"中国梦"，再次出发。

他们提出来，"十万大军美太行"，他们要奏响新世纪的"第四部曲"。

第四部曲不仅是"实用的"，而且是"美的"。

红旗渠人要在巍巍太行山下、滚滚漳河水旁，建设一个人与自然关系和谐，环保、宜居的新林州。它要塑造新的风景，让大美自然、大美红旗渠和大美的红旗渠人浑然一体。

这是一种新世纪的新的情怀。

太行山下，伴随着崭新的风景，"新红旗渠人"呼之欲出。

这样的"中国梦"，正在一点点成为现实。

红旗渠一路流淌，流过了 50 年。50 年来，她所经历的苦难与欣喜、挫折与感动，折射了 20 世纪下半叶以来，亿万普通中国人与他们生活的这个国度的关系。

中国人不缺精神，不乏坚守。几十年来，中国人经历过极端的困难。无论环境如何艰难，理想主义的旗帜一直没有落下。虽艰难困苦，毕竟"玉汝于成"。当社会变革、思想解放的洪流开闸，所有以往的艰难困苦，都化成了向上的动力。

今天，当我们走在红旗渠畔，放眼南太行的青山绿水时，我们总是抑制不住地想要追思往事、回望历史。

追思往事，是想从往事中汲取源源不断的营养，品咂、咀嚼、吮吸那些能够滋润今天的成分。

回望历史，并不意味着止步于历史。回望历史，更重要的是让历史的灯火穿透时间的尘埃，照亮现实，为在现实中苦苦摸索的人们提供前行的指引。

自然，我们也会畅想未来。

畅想属于我们民族，也属于我们每个个体的"中国梦"。

我们企盼着国家富强，民族崛起；我们期待着社会文明、公正；我们梦想着能够拥有自由、和谐、安静的生活。

梦想就在那里。 我们比以往的任何时候都更接近它，但我们毕竟还在路上，我们离它的真正实现还有距离。 每个个体都需要付出艰苦的努力。 每个人的努力都无可替代。

正如红旗渠线上那些倔强的石头，每一块都不可或缺。它们你连着我、我连着你，用群体的力量，抵抗着风雨的侵蚀、岁月的打磨。 那连绵不绝的渠线，正是太行山人力量的汇聚、智慧的集结。

红旗渠畔，个人与集体的命运高度融合，铸就了我们眼前的伟大奇迹。

它所体现的力量，正是中国力量的一部分。

它所折射的精神，正是中国精神的一部分。

习近平总书记指出：祖国是人民最坚实的依靠，英雄是民族最闪亮的坐标。 歌唱祖国、礼赞英雄从来都是文艺创作的永恒主题，也是最动人的篇章。 红旗渠是中国人民的英雄创造，是中国精神、历史和伟业的表现。 中国红旗渠如今已经成为一个中国精神、中国故事、中国符号被世人所认知，这是伟大的祖国和伟大的人民所书写的闪亮史诗篇章。

尾声　梦想引领未来

采访红旗渠，笔者常常忍不住替 20 世纪 60 年代那群建设者感到担心：

那个年代，中国社会风云变幻，阴晴不定，"树欲静而风不止"，红旗渠工程的策划者，要鼓起什么样的勇气，要有什么样的决心和信心，才能抵抗住那些流言蜚语、闲言碎语？

林县土薄石厚，新中国刚刚成立，国家、集体和个人都没有什么家底，老百姓的日子可以说是艰难困苦。举全县之力，上马一个大型的工程，一旦资金、物料、人力出现问题，后果怎堪设想？

更重要的是施工的难度。渠线长度之长、工程量之大就不说了，单是从渠首到分水岭之间的总干渠段那施工的环境，就够让人望而生畏了。那么高的山峰，那么多的峭壁，需要大量有着专业水准、适合高难度施工的人员和设备。但是，当年，他们没有多少科班出身的工程技术人员——只有一位吴祖太受过专业教育，还早早就牺牲了，给林县人留下无尽的伤痛。林县更没有什么先进的施工工具和测量手段，一旦渠线测量不准，渠修好了，水引不过来，"无法收场"一说是轻的，更要紧的是，必须有人为此负责。难怪杨贵曾经和他的同事们悲壮地说：水流不过来，我们就成了林县的千古罪人，只能从太行山最高的山上跳下去向老百姓交代了……

好在历史成全了他们。他们咬紧牙关，顶住了一切干扰，调动起一切有利因素。最终，所有的问题都得到了解决，所有的压力都成了动力。红旗渠修成了，漳河水流过来了，世世代代的企盼成为现实。

为什么林县能够成功？为什么在中国的当代才能够实现那几千年的企盼？

其中当然有着各种各样的原因。但有一个原因是显而易见的。那就是，梦想的力量。

《孟子》上尝言：天将降大任于斯人也，必先苦其心志，劳其筋骨，饿其体肤，空乏其身，行拂乱其所为，所以动心忍性，曾益其所不能。孟子这番话，在中国人的耳畔回响了两千多年，给所有处在艰难环境中的人以向上的力量。面对缺水之苦，林县人行动起来了。他们是一群敢于担当的人，敢于做梦的人。山高坡陡，道路崎岖，山石坚硬，这是实实在在的挑战。但是，动员起来的林县人没有退缩。艰苦的环境，成就了他们坚忍的性格、不屈的意志，让他们的脾气也硬得像太行山上的石头。"林县人民多奇志，誓把山河重安排。""奇志"和誓言不是口号，更不是空谈。它是实实在在的行动，是凭着一腔热血与困难死磕到底的决心。

有了梦想，付诸行动，团结起来，共同努力，不达目标不罢休，林县人终于修成了红旗渠。

红旗渠修建的历程，也是中华民族几千年来为了改变生存环境，为了强国富民而孜孜以求、勇猛进击、不懈奋斗的缩影。

正像本书开头所提到的，自古以来，中国就是一个灾荒发生频繁的国度。中国的历史上，干旱、大水、地震……种种自然灾害给人们的繁衍生息带来了重重威胁。中国的历史，自古以来就是一部和各种各样的自然灾害做斗争的历史。而到了近代，中国人除了要应对自然灾害，应对社会前进动力机制失效的难题，又要面对"几千年未有之大变局"。国门洞开，列强涌入，中国的大地上，承载了几千年来最为沉重的负荷。兵荒马乱、硝烟弥漫，中国人一度丧失了独立与自主，甚至丧失了独立自主的能力。沉重的枷锁，让这片土地上的人们难以轻松地呼吸……

历史问题、社会问题的解决，当然不能与自然问题、地理问题的解决简单地画等号。但是我们可以看到二者之间的一致性。

是自甘于"躲进小楼成一统"，关起门来，因循旧制，怀抱着以往的法度艰难度日，还是勇敢地组织起来，投入广阔的天地中，投入全球范围经济的、制度的、技术的、文明的大循环和大竞争之中？

中国人选择的是后者。一百多年来，无论环境多么艰苦，中国人无论遭遇什么样的波折，始终怀着远大的理想，怀着必胜的信念，为了国家的富强、民族的振兴、人们的幸福而

中国红旗渠

不懈努力。 它是前辈们的伟大梦想，是先行者流传下来的光荣传统。

这就是中国梦，是中华民族伟大复兴的百年期望、百年渴盼。

红旗渠工程的开工距今天已经半个多世纪了，工程全面竣工距今天也有 40 多年。 这些年来，从"战太行"到"出太行"，从"富太行"到"美太行"，林州人的步子从来没有停止过。 而这些年来，无论世界局势如何风云变幻，中国人追求美好、幸福生活的决心从没有改变。 在所谓"后工业社会"的今天，我们也许再也不需要付出如此大的艰辛来修建一条引水的渠道，但红旗渠修建过程中所凝结成的红旗渠精神却不会是中国的绝唱。 它必将如太行山中那滔滔河水一样，在中国人追逐梦想、实现梦想的道路上永远流淌。 中国的未来，正是依靠无数中国人、依靠无数这样的梦想所引领的。

参考文献

［1］ 邓拓.中国救荒史［M］.北京：商务印书馆，2011.10.

［2］［美］R.麦克法考尔，费正清编.剑桥中华人民共和国史［M］.谢亮生等译.北京：中国社会科学出版社，2011.10.

［3］ 靳德行主编.中华人民共和国史［M］.开封：河南大学出版社，1993.12.

［4］ 河南省林州市红旗渠志编纂委员会编.红旗渠志［M］.北京：三联书店，1995.09.

［5］ 林县志编纂委员会编.林县志［M］.郑州：河南人民出版社，1989.05.

［6］ 关劲潮.巍巍山碑——红旗渠旗手杨贵传奇［M］.郑州：河南人民出版社，2013.07.

［7］ 郝顺才.红旗渠工地总指挥长马有金［M］.郑州：河南人民出版社，2010.06.

中国红旗渠

［8］ 李振华主编.河南省大事记（1949.3—1990.12）［M］.郑州：河南人民出版社，1993.03.

［9］ 王怀让、张冠华、董林.中国有条红旗渠［M］.郑州：河南人民出版社，1998.12.

［10］ 中共河南省林县县委党史资料征集编纂委员会，河南省林县水利局，河南省林县档案局编.红旗渠［M］.郑州：河南人民出版社，1990.06.

［11］ 郝建生、杨增和、李永生.杨贵与红旗渠［M］.北京：中央编译出版社，2011.06.

［12］ 河南省林州市水利史编纂委员会编.林州水利史［M］.郑州：河南人民出版社，2005.06.

后　记

对于我来说，写作《中国红旗渠》，是一次难忘的历程。

之前，我多次从书本上看到过红旗渠，知道修渠过程中一些动人的故事，了解一些惊心动魄的场面，也曾以一个旅游者的身份来这里走马观花，实地领略它的艰巨与壮美。我曾经以为，红旗渠，就是作为政治符号、水利工程的红旗渠。红旗、标语、口号一度遮蔽了我的想象空间。

而这一次，我知道了，红旗渠是历史的、人文的。它不仅彻底改善了太行山下这个北方小城的自然状况，更是完全地改变了林县的历史。这样的历史，汇入当代中国历史的洪流之中，成为其中夺目、耀眼的浪花。

从 1960 年动工到 1969 年完全竣工，几十万林县人为了这个伟大的水利工程付出了血汗和智慧，而红旗渠也给了林县无与伦比的物质回报与精神反哺。

灌溉土地、提供生活用水，这是红旗渠最基本的功能。蛛网般的渠道，星罗棋布的配套工程，让红旗渠水能够流淌到林州的几乎每一寸土地上。干渴的土地得到了滋润，庄稼的产量在提高，地下水位在慢慢上升……

施工时难度最大的建筑，今天成了最壮美的风景。那些记录了林县人万丈豪情的工地：渠首、青年洞、分水岭……成了林州最著名的观光地。一队队游客，从四面八方，带着好奇、带着探询自然与历史的冲动而来，又带着难以泯灭的记忆而走。红旗渠的故事、林州的故事在天下广为流传。

被传颂最多的当然是红旗渠精神。它进入书本、报纸、电台，进入执政党和共和国的历史。无论是共和国的领袖，还是来自异国的友人，都被它的雄伟壮丽所震撼，情不自禁地对它发出赞美之声。

今天，谈林州，必谈红旗渠，看林州，必看红旗渠。不仅红旗渠是林州的名片，而且红旗渠精神早就成为林州的魂魄，融入林州的每一片天空、每一块土地。红旗渠因林州而诞生，林州因红旗渠而骄傲。红旗渠精神也已经超越了地理与时间的概念。它属于中国和世界，属于历史和未来……

本书写作过程中，得到了众多师友无私的帮助和关照。没有他们的鼎力帮助，此时此刻能够完成全稿是难以想象的。请允许我在这里向他们表示感谢。他们是：

河南省红旗渠精神研究会副会长兼秘书长、河南省摄影家协会名誉主席、著名摄影家魏德忠老师；

河南省红旗渠精神研究会副会长、郑州轻工业学院教授林世选先生；

河南省红旗渠精神研究会副秘书长马建明、蔡璐刚先生；

林州市委常委、宣传部长谢东先生，林州市委宣传部岳东生副部长、申慧科长。

另外，感谢接受本人采访的公安部原副部长、林县原县委书记杨贵先生；感谢任羊成先生、张买江先生、李改云女士、申兰英女士。

最后，还特别感谢林州红旗渠管理处的郝顺才先生。他不仅接受我的采访，为我提供了不少有价值的资料，还两次作为向导，带着我和我的同事实地踏访红旗渠总干渠。和他相处的时间是一段无比愉快的时间。

作　者

2014 年 3 月

图书在版编目（CIP）数据

中国红旗渠/郑雄著. --郑州:河南文艺出版社,
2015.1(2023.6 重印)

ISBN 978-7-5559-0043-6

Ⅰ.①中… Ⅱ.①郑… Ⅲ.①纪实文学–中国–当
代 Ⅳ.①I25

中国版本图书馆 CIP 数据核字(2014)第 046573 号

策　　划　陈　杰　刘晨芳
责任编辑　刘晨芳
责任校对　陈　炜
书籍设计　刘运来

出版发行　河南文艺出版社
本社地址　郑州市郑东新区祥盛街 27 号 C 座 5 楼
承印单位　河南瑞之光印刷股份有限公司
经销单位　新华书店
开　　本　700 毫米×1000 毫米　1/16
印　　张　19
字　　数　210 000
版　　次　2015 年 1 月第 1 版
印　　次　2023 年 6 月第 12 次印刷
定　　价　45.00 元

印厂地址　河南省武陟县产业集聚区东区(詹店镇)泰安路
邮政编码　454950　　电话　0391-2527860